不信青春唤不回

林清玄 著
LinQingXuan

北京联合出版公司

自 序

色与空的追寻

在衣柜里找到一件蓝衫子,被那亮眼的蓝闪了眼睛。

这件久远之前的蓝衫,因为放在柜子的底层,竟然被我遗忘了二十年。二十年过去,它的蓝非但丝毫没有退失,仿佛比新购的还要蓝,蓝之又蓝。

岁月已经轮转又轮转,人生也一变冉变,那蓝衫因为被遗忘,躺在风月不到之处,仍然维持了最初的样子。

那是在美浓的"锦兴蓝衫"购得的。

二十年前,我和妻子淳珍返乡,带着刚出生的小儿子亮语。听乡人说美浓锦兴蓝衫的老师傅已经七十几岁了,不知道还能做多少件蓝衫!

我和淳珍随即开车到美浓,找到那已经开了半世纪的老店,找到白发苍苍的老师傅。

量了身、打了版,我订了一件,淳珍订了三件蓝衫。当时的蓝衫已迹近失传,几乎无人订做,一星期就做好了。

试穿的时候,令我们惊喜不已,老师傅的手艺非凡,还是立体剪裁,不只合身,穿起来非常优雅,仿佛走入时光隧道。

那时淳珍青春正盛,气韵动人,在蓝衫的衬托下,更显典雅端丽。使我想起记忆中一些美丽的风情。

是天空的,也是海洋的

我童年的时候,高雄屏东一带的六堆地区,住的多是客家人。

当地的女子不知道为什么都穿蓝衫,配上黑色的裤子。客家妇女特别勤快,不只要照顾家里,还要下田耕作。

田中的蓝衫,成为美丽的印记。

有时候,我徒步漫行过客家庄,看到许多身着蓝衫的女子,正在绿色水田里耕作。静谧的蓝天下,微风波动的绿色稻苗,在墨绿的月光山衬托下,又安静,又神秘,真是美极了。

蓝衫的蓝,不只是天空的,也是海洋的,在静极之处,有一种汹涌,在贫瘠之地,如海浪一波一波地追逐生活更好的可能。全年都穿蓝衫的客家妇女,不需要生命更多的华彩,因为他们已拥有大地与天空。

蓝蝶飞空,白鹭立雪

我对蓝衫的喜爱不只来自田间。

小学的时候,有一个女老师来自南京,喜欢穿阴丹士林的蓝旗袍。

夏天的时候,她穿着半袖的蓝旗袍。

冬天的时候,她的旗袍外罩了一件大褂,是深蓝色的,还围着一条红色的围巾。

女老师对我来说,不只是气质的化身,更启动了美的开关,在贫穷偏乡的小学生,因此而有了天空的广大向往。

蒂芬尼的蓝、威治伍德的蓝、保时捷的蓝,后来都令我感动,但最使我感动的,是来自老师那最初的蓝。

有如一群蓝蝴蝶飞向天空,与整个天空融在一起。"蓝蝶飞空"与"白鹭立雪"一样,蓝是无边的,雪也是无边的。

我虽不能拥有天空,但我要飞向天空。

粪帚皆可衣,草木皆可食

童年时代,蓝色引爆了我对蓝的感动,也启蒙了我对美的向往。

我不只喜欢蓝色,我也爱褐色与灰色。

褐色与灰色是出家人的颜色。

我的故乡旗山，离大树乡的佛光山很近。我一有空，就往寺院里跑。很小的时候，自然皈依了佛教。

出家人上早晚课时，总穿着褐色的袍子。出坡作务则穿着灰色的唐装。不论褐色或灰色，总让我感觉到谦卑、内敛、含蓄、单纯、简朴……

后来，才知道，褐色与灰色叫"粪扫衣"，是佛陀时代希望弟子能舍弃欲望的追求，"粪扫皆可衣，草木皆可食"留下的传统。纵使衣着如粪如扫，也能无愧于心，努力修行。

我喜欢褐与灰，虽然无缘出家，却心向往之。知道从最简朴到最高境界，是可以直达的路。

身着白衣，心有锦缎

我还喜欢白色。

相传佛有四众弟子，比丘、比丘尼、优婆塞、优婆夷。比丘与比丘尼当然是着"粪扫衣"，优婆塞是男居士，优婆夷是女居士，居士无分男女，均着白衣。

在佛陀时代，身穿白衣是不容易的，白衣有尊贵的意思，因为要维持全身白衣，生活必须要有余裕、有空间、有从容的态度。

我曾在山上闭关好几年，每天都穿白衣，有人以为我天天穿同一套衣服，其实是，我订做了六套一样的白衣，每天穿一套，一周才洗一次。

白使我感觉纯净、平和、从容,"身着白衣,心有锦缎",白也使我淡然、无求,生命若能纯白无瑕,又有什么过不去的呢?

正如佛经里的故事,一个穿白衣的修行人,常在莲花池畔静坐,有一天黄昏,他结束静坐,看见一朵白莲花,非常非常美,他忍不住采了一朵,想带回家欣赏。

这时,莲花池神突然现身,斥责他:"你是修行的人,怎么可以随便偷折莲花呢?"

他感到很诧异,说:"昨天一个商人,把池中大部分莲花折取一空,把莲花池弄得乱七八糟,你并没有现身斥责他,我是因为美才采了一朵莲花,你却严厉指责我,不是很不公平吗?"

莲花池神说:"他是不修行的人,就像全身穿着黑衣,再怎么污染也看不出来;你是修行者,犹如白衣,只要一点小污点,就很明显,并且难以清洗了!"

是呀!身着白衣,使我们的行为举止小心翼翼,甚至常让我们内观自己的心,要不负那种纯净!

空中自有无限的层次

我偏爱蓝、褐、灰、白，常感觉这里面有神秘的因缘。

因缘不只表现在颜色的追寻，更是表现在一切的形与象。

> 色不异空，空不异色；
>
> 色即是空，空即是色；
>
> 受想行识，亦复如是。

《心经》上这样说，所有的色相、感受、念想、行为、见解，都是因缘所聚合的，因缘生、住、异、灭，最终归于空无，因此，人间万相，不可住留，也无法掌握，更无需留恋呀！

"空"并不是"无"，也不是"没有"，若以天空作比，空中自有无限的层次，有白云、乌云，有晨曦、晚霞，有彩虹、夜雾，有日有月……

每天的天空都不同，但每天的天空都将恢复为空，生活亦复如是！

若对生活无感，则日复一日，年华终将老去；若能深深地感知，在色与空的追寻之间，就能生起智慧。前人留下的艺术、音乐、绘画、文学、戏剧，乃至一切的创作，不都是这样吗？

万里江山酒一杯

不信青春唤不回，不容青史尽成灰；

低徊海上成功宴，万里江山酒一杯。

  我喜欢于右任的这首小诗，虽然不信不容，但是，青春，终究是唤不回了；青史，最后也成灰了，在漂流的生命之海，回头一望，万里江山只剩下一杯酒，化成点点的相思泪。

  色与空的追寻，正是文学的追寻，因缘的聚散，人生的离合，回头观之，既是偶然，也是必然。

  岁月已随风而逝，创作的心，依然迎风而立，振衣于千仞之岗，长啸于万海之滨，我仿佛还是那身穿蓝衫的最初的少年。

林清玄

2016 年秋末

台北双溪清淳斋

目录
contents

第一辑
咸淡滋味等闲尝

温一壶月光下酒 //003

咸也好，淡也好 //012

好香的臭豆腐 //015

冰冻面线糊 //019

盖世神功 //021

鳝鱼骨的滋味 //024

油面摊子 //030

学插花 //033

阳春世界 //035

木鱼馄饨 //038

第二辑
心存向往,不惧不忧

鞋匠与总统 //045

素　质 //048

满山菅芒花 //051

季节之韵 //053

从人生的最底层出发 //058

立刻完成的灵药 //063

猫头鹰人 //068

为别人着想 //074

上善若水 //078

失恋之必要 //084

一　朝 //090

不紧急却重要的事 //095

沙漠中的旗杆 //098

人生的画幅 //103

第三辑

云在青天水在瓶

云在青天水在瓶 //109

写在水上的字 //114

重新生长的花草 //116

存在的理由 //117

拥　有 //119

情困与物困 //122

快乐的思想 //130

戏与梦 //134

蜜　事 //136

不南飞的大雁 //138

目录 contents

第四辑
生活最美是期盼

活珍珠 //143
与太阳赛跑 //145
山谷的起点 //147
下满的围棋 //149
不要失去桃花源 //151
这一站到那一站 //155
水终有澄清的一天 //158
永远有利息在人间 //161
辛酸的或趣味的 //164
永远的第一点 //167
一只毛虫的圆满 //170
有情十二帖 //175
感谢困难 //189
永远活着 //191

生命里的幸福是甜的
甜有甜的滋味
情爱中的离别是咸的
咸有咸的滋味
生活的平常是淡的
淡也有淡的滋味

第一辑

咸淡滋味
等闲尝

温一壶月光下酒
咸也好,淡也好
好香的臭豆腐
冰冻面线糊
盖世神功
鳝鱼骨的滋味

油面摊子
学插花
阳春世界
木鱼馄饨

温一壶月光下酒

逃　情

幼年时在老家西厢房,姊姊为我讲东坡词,有一回讲到《定风波》中"一蓑烟雨任平生"这个句子时,让我吃了一惊,仿佛见到一个竹杖芒鞋的老人在江湖道上踽踽独行,身前身后都是烟雨弥漫,一条长路连到远天去。

"他为什么?"我问。

"他什么都不要了。"姊姊说,"所以到后来有'回首向来萧瑟处,归去,也无风雨也无情'之句。"

"这样未免太寂寞了,他应该带一壶酒、一份爱、一腔热血。"

"在烟中腾云过了,在雨里行走过了,什么都过了,还能如何?所谓'来往烟波非定居,生涯蓑笠外无余',生命的事一经过了,再热烈也是平常。"

年纪稍长,才知道"竹杖芒鞋轻胜马,谁怕?一蓑烟雨任平生"的境界并不容易达致,因为生命中真是有不少不可逃、不可抛的东西,名利倒还在其次,至少像一壶酒、一份爱、一腔热血都是不易逃的,尤其是情爱。

记得日本小说家、武者小路实笃曾写过一个故事,传说有一个久米仙人,在尘世里颇为情苦,为了逃情,入山苦修成道,一天腾云游经某地,看见一个浣纱女足胫甚白,久米仙人为之目眩神驰,凡念顿生,飘忽之间,已经自云头跌下。可见逃情并不是苦修就可以得到。

我觉得"逃情"必须是一时兴到,妙手偶得,如写诗一样,也和酒趣一样。狂吟浪醉之际,诗涌如浆,此时大可以用烈酒热冷梦,一时彻悟。倘若苦苦修炼,可能达到"好梦才成又断,春寒似有还无"的境界,离逃情尚远,因此一见到"乱头粗服,不掩国色"的浣纱女就坠落云头了。

前年冬天,我遭到情感的大创剧痛,曾避居花莲逃情,繁星冷月之际与和尚们谈起尘世的情爱之苦,谈到凄凉处连和尚都泪不能禁。如果有人问我:"世间情是何物?"我会答曰:"不可逃之物。"连冰冷的石头相碰都会撞出火花来,每个石头中事实上都有火种,可见再冰冷的事物也有感性的质地,情何以逃呢?

情仿佛是一个大盆,再善游的鱼也不能游出盆中,人纵使能相忘于江湖，情却是比江湖更大的。

我想，逃情最有效的方法可能是更勇敢地去爱，因为情可以病，也可以治病；假如看遍了天下足胫，浣纱女再国色天香也无可奈何了。情者是堂堂巍巍，壁立千仞，从低处看是仰不见顶，自高处看是俯不见底，令人不寒而栗，但是如果在千仞上多走几遭，就没有那么可怖了。

理学家程明道曾与弟弟程伊川共同赴友人宴席，席间友人召妓共饮，伊川正襟危坐，目不斜视，明道则毫不在乎，照吃照饮。宴后，伊川责明道不恭谨，明道先生答曰："目中有妓，心中无妓！"这是何等洒脱的胸襟，正是"云月相同，溪山各异"，是凡人所不能致的境界。

说到逃情，不只是逃人世的情爱，有时候心中有挂也是情牵。有一回，暖香吹月时节与友在碧潭共醉，醉后扶上木兰舟，欲纵舟大饮，朋友说："也要楚天阔，也要大江流，也要望不见前后，才能对月再下酒。"死拒不饮，这就是心中有挂，即使挂的是楚天大江，终不能无虑，不能万情皆忘。

以前读《词苑丛谈》，其中有一段故事：

后周末，汴京有一石氏开茶坊，有一个乞丐来索饮，石氏的幼女敬而与之，如是者达一个月。有一天被父亲发现打了她一顿，她非但不退缩，反而供奉益谨。乞丐对女孩说："你愿喝我的残茶吗？"女嫌之，乞丐把茶倒一部分在地上，满室生异香，女孩于是喝掉剩下的残茶，一喝便觉神清体健。

乞丐对女孩说："我就是吕仙，你虽然没有缘分喝尽我的残茶，但我还是让你求一个愿望。"女只求长寿，吕仙留下几句话："子午当餐日月精，元关门户启还扃，长似此，过平生，且把阴阳仔细烹。"遂飘然而去。

这个故事让我体察到万物皆忘，"且把阴阳仔细烹"实在是神仙的境界，石姓少女已是人间罕有，还是忘不了长寿，忘不了嫌恶，最后仍然落空，可见情不但不可逃，也不可求。

年岁越长，越觉得苏东坡"一蓑烟雨任平生""也无风雨也无晴"词意之不可得，想东坡也有"春色三分，二分尘土，一分流水。细看来，不是杨花，点点是离人泪"的情思；有"但愿人长久，千里共婵娟"的情愿；有"念故人老大，风流未减，空回首，烟波里"的情怨；也有"若待得君来向此，花前对酒不忍触。共粉泪，两簌簌"的情冷，可见"一蓑烟雨任平生"只是他的向往。

情何以可逃呢？

煮　雪

传说在北极的人因为天寒地冻，一开口说话就结成冰雪，对方听不见，只好回家慢慢地烤来听……

这是个极度浪漫的传说，想是多情的南方人编出来的。

可是，我们假设说话结冰是真有其事，也是颇有困难，试想：回家烤雪煮雪的时候要用什么火呢？因为人的言谈是有情绪的，煮得太慢或太快都不足以表达说话的情绪。

如果我生在北极，可能要为煮的问题烦恼半天，与性急的人交谈，回家要用大火煮烤；与性温的人交谈，回家要用文火。倘若与人吵架呢？回家一定要生个烈火，才能声闻当时"哔哔剥剥"的火爆声。

遇到谈情说爱的时候，回家就要仔细酿造当时的气氛，先用情诗情词裁冰，把它切成细细的碎片，加上一点酒来煮，那么，煮出来的话便能使人微醉。倘若情浓，则不可以用炉火，要用烛火再加一杯咖啡，才不会醉得太厉害，还能维持一丝清醒。

遇到不喜欢的人不喜欢的话就好办了，把结成的冰随意弃置就可以了。爱听的话则可以煮一半，留一半他日细细品味，住在北极的人真是太幸福了。

但是幸福也不常驻，有时候天气太冷，火生不起来，是让人着急的，只好拿着冰雪用手慢慢让它融化，边融边听。遇到性急的人恐怕要用雪往墙上摔，摔得力小时听不见，摔得用力则声震屋瓦，造成噪声。

我向往北极说话的浪漫世界，那是个宁静祥和又能自己制造生活的世界，在我们这个到处都是噪声的时代里，有时候我会希望大家说出来的话都结成冰雪，回家如何处理是自家的事，谁也管不着。尤其是人多要开些无聊的会议时,可以把那块嘈杂的大雪球扔在自家前的阴沟里,让它永远见不到天日。

斯时斯地,煮雪恐怕要变成一种学问,生命经验丰富的人可以根据雪的大小、成色,专门帮人煮雪为生;因为要煮得恰到好处和说话时恰如其分一样,确实不易。年轻的恋人们则可以去借别人的"情雪",借别人的雪来浇自己心中的块垒。

如果失恋,等不到冰雪尽融的时候,就放一把火把雪屋都烧了,烧成另一个春天。

温一壶月光下酒

煮雪如果真有其事,别的东西也可以留下,我们可以用一个空瓶把今夜的桂花香装起来,等桂花谢了,秋天过去,再打开瓶盖,细细品尝。

把初恋的温馨用一个精致的琉璃盒子盛装,等到青春过尽垂垂老矣的时候,掀开盒盖,扑面一股热流,足以使我们老怀堪慰。

这其中还有许多意想不到的情趣,譬如将月光装在酒壶里,用文火一起温来喝……此中有真意,乃是酒仙的境界。

有一次与朋友住在狮头山,每天黄昏时候在刻着"即心是佛"的大石头下开怀痛饮,常喝到月色满布才回到庙里睡觉,过着神仙一样的生活。最后一天我们都喝得有点儿醉了,携着酒壶下山,走到山下时顿觉胸中都是山香云气,酒气不知道跑到何方,才知道喝酒原有这样的境界。

有时候抽象的事物也可以让我们感知,有时候实体的事物也能转眼化为无形,岁月当是明证,我们活的时候真正感觉到自己是存在的,岁月的脚步一走过,转眼便如云烟无形。但是,这些消逝于无形的往事,却可以拿来下酒,酒后便会浮现出来。

喝酒是有哲学的,准备许多下酒菜,喝得杯盘狼藉是下乘的喝法;几粒花生米、一盘豆腐干,和三五好友天南地北是中乘的喝法;一个人独斟自酌,举杯邀明月,对影成三人,是上乘的喝法。

关于上乘的喝法,春天的时候可以面对满园怒放的杜鹃细饮五加皮;夏天的时候,在满树狂花中痛饮啤酒;秋日薄暮,用菊花煮竹叶青,人与海棠俱醉;冬寒时节,则面对篱笆间的忍冬花,用蜡梅温一壶大曲。这种种,就到了无物不可下酒的境界。

当然,诗词也可以下酒。

俞文豹在《历代诗余引吹剑录》谈到一个故事,提到苏东坡有一次在玉堂日,有一幕士善歌,东坡因问曰:"我词何如柳七(即柳永)?"幕士对曰:"柳郎中词,只合十七八女郎,执红牙板,歌'杨柳岸,晓风残月'。学士词,须关西大汉、铜琵琶、铁棹板,唱'大江东去'。"

东坡为之绝倒。

这个故事也能引用到饮酒上来,喝淡酒的时候,宜读李清照;喝甜酒时,宜读柳永;喝烈酒则大歌东坡词。其他如辛弃疾,应饮高粱小口;读放翁,应大口喝大曲;读李后主,要用马祖老酒煮姜汁到出怨苦味时最好;至于陶渊明、李太白则浓淡皆宜,狂饮细品皆可。

喝纯酒自然有真味,但酒中别掺物事也自有情趣。范成大在《骏鸾录》里提到:"番禺人作心字香,用素茉莉未开者,着净器,薄劈沉香,层层相间封,日一易,不待花蔫,花过香成。"

我想,应做茉莉心香的法门也是掺酒的法门,有时不必直掺,斯能有纯酒的真味,也有纯酒所无的余香。我有一位朋友善做葡萄酒,酿酒时以秋天桂花围塞,酒成之际,桂香袅袅,直似天品。

我们读唐宋诗词,乃知饮酒不是容易的事,遥想李白当年斗酒诗百篇,气势如奔雷,作诗则如长鲸吸百川,可以知道这年头饮酒的人实在没有气魄。现代人饮酒讲格调,不讲诗酒。袁枚在《随园诗话》里提过杨诚斋的话:"从来天分低拙之人,好谈格调,而不解风趣。何也?格调是空架子,有腔口易描,风趣专写性灵,非天才不辨。"

在秦楼酒馆饮酒作乐,这是格调,能把去年的月光温到今年才下酒,这是风趣,也是性灵,其中是有几分天分的。

《维摩经》里有一段天女散花的记载,正在菩萨为弟子讲经的时候,天女出现了,在菩萨与弟子之间遍撒鲜花,散布在菩萨身上的花全落在地上，散布在弟子身上的花却像黏黐那样粘在他们身上，弟子们不好意思，用神力想使它掉落也不掉落。仙女说：

"观菩萨花不着者，已断一切分别想故。譬如，人畏时，非人得其便。如是弟子畏生死故，色、声、香、味、触得其便也。已离畏者，一切五欲皆无能为也。结习未尽，花着身耳。结习尽者，花不着也。"

这也是非关格调，而是性灵。佛家虽然讲究酒、色、财、气四大皆空，我却觉得，喝酒到极处几可达佛家境界，试问，若能忍把浮名，换作浅酌低唱，即使天女来散花也不能着身，荣辱皆忘，前尘往事化成一缕轻烟，尽成因果，不正是佛家所谓苦修深修的境界吗？

咸也好，淡也好

一个青年为着情感离别的苦痛来向我倾诉，气息哀怨，令人动容。等他说完，我说："人生里有离别是好事呀！"他茫然地望着我。

我说："如果没有离别，人就不能真正珍惜相聚的时刻；如果没有离别，人间就再也没有重逢的喜悦。离别从这个观点看，是好的。"

我们总是认为相聚是幸福的，离别便不免哀伤。但这幸福是比较而来，若没有哀伤做衬托，幸福的滋味也就不能体会了。

再从深一点儿的观点来思考，这世间有许多的"怨憎会"，在相聚时感到重大痛苦的人比比皆是，如果没有离别这件好事，他们不是要永受折磨，永远沉沦于恨海之中吗？

幸好，人生有离别。

因相聚而幸福的人，离别是好，使那些相思的泪都化成甜美的水晶。

因相聚而痛苦的人，离别最好，雾散云消看见了开阔的蓝天。

可以因缘离散，对处在苦难中的人，有时候正是生命的期待与盼望。

聚与散、幸福与悲哀、失望与希望，假如我们愿意品尝，样样都有滋味，样样都是生命中不可或缺的。

高僧弘一大师，晚年把生活与修行统合起来，过着随遇而安的生活。有一天，他的老友夏丏尊来拜访他，吃饭时，他只配一道咸菜。

夏丏尊不忍地问他："难道这咸菜不会太咸吗？"

"咸有咸的味道。"弘一大师回答道。

吃完饭后，弘一大师倒了一杯白开水喝，夏丏尊又问："没有茶叶吗？怎么喝这平淡的开水？"

弘一大师笑着说："开水虽淡，淡也有淡的味道。"

我觉得这个故事很能表达弘一大师的道风，夏丏尊因为和弘一大师是青年时代的好友，知道弘一大师在李叔同时代，有过歌舞繁华的日子，故有此问。弘一大师则早就超越咸淡的分别，这超越并不是没有味觉，而是真能品味咸菜的好滋味与开水的真清凉。

生命里的幸福是甜的，甜有甜的滋味。

情爱中的离别是咸的,咸有咸的滋味。

生活的平常是淡的,淡也有淡的滋味。

我对年轻人说:"在人生里,我们只能随遇而安,来什么品味什么,有时候是没有能力选择的。就像我昨天在一个朋友家喝的茶真好,今天虽不能再喝那么好的茶,但只要有茶喝就很好了。如果连茶也没有,喝开水也是很好的事呀!"

好香的臭豆腐

路过一家小店,看到招牌上写着几个大字——"好香的臭豆腐,好烂的大肚面线",就像对联一样,上面还有一个横批,写着"欢迎品尝"。

我站在那个招牌前面凝视了很久,虽然我不喜欢吃臭豆腐和大肚面线,仍然为这个别出心裁的招牌而感叹。

臭豆腐,顾名思义,当然是臭的,而且愈臭愈好。然而,奇特的是,臭豆腐的香臭只是一种认定,嗜食其味的人,会把"臭"当作"香",因而,臭豆腐即是香豆腐。在某种情况下,臭豆腐与鸡屁股似乎是同类的东西。有时候路过街头,看人卖鸡屁股,五个一串、十个一串,也会感到大惑不解。屁股原是拉杂之所,嗜食的人却觉得其香无比,否则怎么能一次五个、十个地吃呢?

延伸其义，我们对于那些味道奇特的事物也可说是"好香的榴莲"、"好香的起士"、"好甜的苦茶"、"好清的苦瓜"、"好香的辣椒"、"好吃的鹿尿（鹿尿是一种台湾食品，即腌渍蒜头，日据时代腌于鹿尿或马尿中而得名）"。

"好烂的大肚面线"也是如此。"烂"本来是个不好的字眼，在《吕氏春秋》里是"过熟"的意思，《淮南子》里说是"腐败"的意思；《左传》里说是"火伤"的意思。但是"灿烂"、"烂漫"、"绚烂"，也是同一个"烂"，却是象征光明之极致，说是"异色分纵横，奇光兮烂烂"（《魏书·袁翻传》）。

"烂"用在大肚面线也是恰当不过的，想来大肚面线如果不烂，一定是不好吃的。

我对大肚面线没有什么印象，对臭豆腐则是印象深刻的。因为从前居住在木栅的时候，巷口就有一摊卖臭豆腐的小贩，也是"好香的臭豆腐"之流。由于巷口是唯一的通道，因此，我几乎是"无所遁逃于天地之间"，每日只好掩鼻而过。在路过时看到食客众多，乐享美味的时候，我感到大惑不解。

后来在杂志上读到臭豆腐的做法，是把硬豆腐泡在腐鱼、腐肉和烂了的高丽菜叶中发酵做成的（当然还有别的做法，不过只有这种方法才是正统的遵古法制）。再加上油炸臭豆腐的油要和臭豆腐匹配，常常是炸几个月不换油，卫生堪虑。这两点，光是想起来就恐怖至极，从此更没有勇气吃臭豆腐了。

　　我第一次在台北吃臭豆腐，是和新象活动中心的负责人许博允一起，许博允对食物和音乐都极有冒险犯难的精神。有一次，他约我到东门临沂街上的"小白屋"吃夜宵，他叫了一盘"清蒸臭豆腐"，端来的时候我大吃一惊，因为那清蒸的臭豆腐饱满得像白玉一样，米色中透着一层淡淡的绿，上面撒了香菜末，看了令人食指大动。但我想到腐鱼、腐肉的制作方法，还是不敢吃。许博允当场把老板拉来，解释他们做的臭豆腐绝对干净安全，他们俩正拍胸脯保证，我才举箸吃了一些。哎呀！真是滋味不凡，风味难以形容。

　　从此我竟然上瘾了，那时我住在临沂街，离小白屋餐厅只有五分钟的路程，几乎平均一星期吃两三次清蒸臭豆腐，才稍稍理解了在街上吃臭豆腐者的心情。

　　这世界的香臭美丑并没有一定的道理呀！天下之至臭不是臭豆腐，在《吕氏春秋·遇合》里说："人有大臭者，其亲戚兄弟妻妾，知识无能与居者，自苦而居海上。海上人有说其臭者，昼夜随之而弗能去。""说"即是"悦"，有的人臭到亲戚朋友都不能忍受，只好自己住在海上，偏偏海上有人喜欢他的臭味，白天夜晚都追随他而不离开。曹植因而感慨地说："兰茝荪蕙之芳，众人之所好，而海畔有逐臭之夫！"

　　从"好香的臭豆腐"里，我们可以思考到生命这个严肃的课题，

就是我们不应以僵化固定的眼睛或思维来观世界。我们要有更广大的包容、更多元的心来容忍世间的异见,因为兰花虽香,是众人所爱,但海边也有逐臭之夫呀!

冰冻面线糊

有一个住在日本的朋友,每次回来就到小摊子里买几十碗蚵仔面线,一碗用一个塑料袋包着,全部冻在冰箱里冻成冰块。

坐飞机的时候,他把蚵仔面线请空中小姐冻在飞机的冰箱里,到了日本的家又把蚵仔面线冻在冰箱里,每隔两三天拿一碗出来,用微波炉热,自己在深夜的灯下品尝这来自故乡千里奔波的蚵仔面线。

他告诉我:"每一次吃那蚵仔面,眼前浮现的总是庙前简陋嘈杂的夜市,有时仿佛听见黑巷推出来的小车叫着'蚵仔面线,蚵仔面线',真是历历如绘。"

在日本,只有来自故乡的要好朋友,他才会多拿一袋蚵仔面线出来请客,客人吃了这蚵仔面线都视如珍宝,比吃了大餐还要动容。

"蚵仔面线"在台湾俗语叫"面线糊",原是乡间最平凡的食物,可是加上人的思念与怀乡,却变成无比珍贵了。

像这样的事例非常多,我有一个朋友在国外冬天下雪的街头,曾因为想吃庙口一碗热乎乎的红豆汤,想到落泪;有一个朋友是纽约新写实绘画的名画家,可是他如果不听京戏,就无法作画;有一个朋友,在国外一招手叫计程车就思念台北,因为全世界没有一个地方的计程车比台北方便……

可是,面线糊、红豆汤、京戏、计程车都不是事物的主题,只是心情的反映,是乡愁暂时的住处。心情悲切的人,看到微风吹落花瓣,也会黯然落泪;心情幸福的人,看到微风吹落花瓣,却想到明年春天的新花而欢欣踊跃。

最好,我们能维持一种高亮清爽的心情,这种心情使我们不被污浊所染,也不为美丽的花木所遮,如果借冰冻面线糊来维系乡心,在没有面线糊可吃的时候,就只好接受煎熬与折磨。

如果我们要靠外的名利、声誉来证明自己的尊严与价值,那我们就会在名利、声誉中沦落,并且在失去时接受折磨而不知了。

盖世神功

坐在一部出租车,司机长得十分魁梧,面貌堂堂,声如洪钟,在前座仪器表架上摆了一张照片,是他裸露上身,露出结实肌肉的相片,就好像我们时常在健美比赛看见的一样。

"您是练健美的?"我忍不住问他。

他说:"不是,我是练气功的。"

"您的身体可真健壮呀!"

出租车司机打开前座的置物箱,拿出一沓照片给我看,说:"这是五年前的我,可以说全身是病,因为整天开车,缺乏运动,加上抽烟喝酒,弄得五脏六腑都坏掉了,每天有气无力,有时开车开到一半就睡着了。"

我看着他从前的照片,果然面黄肌瘦,与我眼前的这一位大汉,简直判若两人。在照片后面是一大沓各大医院的挂号证,算一算,一共有十七张各种病号的挂号证。

"我的一位朋友,看我快不行了,介绍我去练功,那时我自己也觉得如果不彻底改革身体,我就完了,于是开始去练气功。"

为了练功,这位司机朋友每天规定自己只做八小时的生意,其他时间都用来练功。

"可是,一拜了师父以后,师父不教我练气功,他说一个人要练功,先要做的是四件事:一是生活要正常,睡眠要充足;二是要注意饮食,不吃太油、太辣、太咸、太甜的食物,只能吃清淡食物;三是运动量要充足,每天至少有一个小时的慢跑、游泳、打球等;四是不能抽烟喝酒。如果这四点做不到,他就不教我气功了。"

出租车司机彻底改变了生活,据他说,不到几个月,身体就已经很棒了,他说:"不可思议,就好像回到我刚服兵役的时候。然后我开始练气功,到现在五年了,我就好像换了一个人,气功真的很有效。"

我说:"其实不一定是练气功,一个人如果生活正常、饮食清淡、运动充足、不烟不酒,不必练什么功,身体也可以保持在很好的状态。气功,只不过是把这种好状态提升到更精纯的境地罢了。"

司机表示同意,接下来不出我的预料,他开始向我推荐他师父那神奇的气功,说是全年学费要两万元,只要报他的名字就可以打七折,并且会得到"师父"秘密心法的传授。

幸好,我的目的地很快就到了。

下了车，我仔细思索那位练气功的司机所说的话，这也正是现今社会上普遍存在的问题，大家都相信有某一种秘密的"神功"，可以彻底改变我们身上的体质，却不知道改变体质最重要的是睡眠、饮食、运动等基础的东西。

推而广之，改变教育体制的秘方，不是"教育部"有什么新政策，而是中小学里有没有用心的老师，从事教育的人有没有更充足的爱心，愿不愿意以全副身心的力量来启发学生。

改变治安体制的秘方，不是什么扫黑扫黄雷霆行动，而是警政单位执行公务的人，能不能不贪污、不欺压人民、不强暴民女，具有充分的道德与良知，真正代表正义的一方。

改变文化品质的秘方，不是什么单一的展览、表演，或介寿堂音乐会，而是落实的人文教育，让人有真正的美的向往，有生活提升的渴望。

改变经济体制的秘方，不在股市或房地产或特殊指标，而在于台湾当局是不是有诚心缩短贫富差距，愿意真心维护大众的利益。

我们这个社会缺少很多的基本功，都希望一下子能神功盖世，偏偏那些盖世神功都不是一蹴而就的，我们愿不愿意都站在自己的位置，好好来练练基本功呢？

从最基本的功架练起，即使神功没有练成，至少对自己，对社会国家，都是有所增益的。

鳝鱼骨的滋味

在北京,刚刚飘起小雪的日子,听说更北的地方还有一波寒流将至。北京人对北方来的沙尘暴感到厌烦,对寒流则是早有准备。

围炉吃火锅,是对抗寒流最好的准备了。在水汽蒸腾的火锅店,人人面红耳赤,有的还冒着大汗,吐出的烟气则在玻璃落地窗上结成浓浓的雾,外面的景物一时隐去,只剩下明灭的车灯疾驰照射。

我喜欢雾气迷离的火锅店的感觉,尤其是没有太多现代装潢的火锅店,依稀使人回到朴素而单纯的年代,没有那么多的商业,没有那么多的庸俗,没有那么多的烦琐与刻板。

有的,只是一片活气。

北京的朋友知道我喜欢吃火锅,特地带我去一家城西的老店,红灯笼、黄木板,每一桌上都有一口热气腾腾的铜锅。锅子的烟囱高耸,烟囱的盖子大开,烧滚的锅子热气滚滚,弥漫在整个屋子里。

朋友点了一个大号的酸菜白肉锅,加了几盘羊肉,一些牛肉卷饼,然后把菜单推到我面前,叫我点一些菜。

我点了几个菜,特别点了爆炒黄鳝和韭黄炒鳝。

跑堂的过来,看了看菜单,好意地探询:"先生,您点了两道鳝鱼呢!"

"对了,我喜欢吃鳝鱼!"

北京厨子炒的鳝鱼果然美味,香、脆、鲜美,骨头也剔得干净,没有一点儿渣子。

"老师怎么爱吃鳝鱼呢?"北京的朋友问。

我沉思了一下,就在水汽淋漓的火锅店里,简单地说起一段往事。

小时候,我家前的"亭仔脚"(就是屋檐下),摆了一个鳝鱼摊子,专卖炒鳝鱼和鳝鱼面。摊子黄昏才开张,那正是我放学返家的时候,远远就会看到爆炒鳝鱼的大烟,嗅觉似乎与视觉同时抵达,香味猛然飘进我的鼻子,把我勾到摊子前面,我便低着头绕过巷子,回到家里。

为什么要低着头呢?

因为炒鳝鱼的价钱很高,我们根本吃不起。不要说炒鳝鱼,连鳝鱼面也吃不起。我们家兄弟姐妹很多,一人吃一碗面,恐怕是一星期的饭钱了。

这还不打紧,妈妈经常向卖鳝鱼的妇人央求、拜托:杀了鳝鱼剩下的骨头,一定要留给我们。妈妈深信鳝鱼的骨头充满钙质,还有各

种维生素，对我们这些正在成长的孩子大有帮助。

每天晚上，妈妈总会从鳝鱼摊提回一大袋的骨头，洗也不洗就丢到大锅里熬煮。

为什么洗也不洗？

妈妈说："因为鳝鱼骨头上还带着鲜血，那是最为滋补的，洗净多么可惜！"

熬过两三个小时，鳝鱼骨头几乎在锅中化去，汤水变成咖啡色，水面上浮着油花，这时，妈妈会撒一把葱花，关火。

鳝骨汤熬成时，夜已经深了。

妈妈把我们叫到灶间，一人一碗汤，再配上她在另一家面包店要来的面包皮，在锅里炙热了，变成香味扑鼻的饼干。我们细细地咀嚼面包皮，配着清甜香浓的鱼骨汤，深深感觉到生活的幸福。虽然吃不起鳝鱼与面包，但是鳝鱼与面包是有钱就吃得到的，鳝鱼骨和面包皮却是只有深爱我们的妈妈才做得出来。

只要卖鳝鱼的来摆摊，我们一定会喝鳝鱼骨汤。奇特的是，我从来没有喝腻过，而且一直觉得这是人间至极的美味。

妈妈担心我们吃腻，有时会在汤里加点儿竹笋，或下点儿蛋花；有时会用豆腐红烧，或与萝卜同卤……虽然用的都是普通的食材，却充满了美味的魔术。

最神奇的算是炸鳝鱼骨了。

鳝鱼骨本来是歪曲扭动的，下油锅时忽然就被拉直了，一条一条就像薯条一样。起锅时，撒一些胡椒、盐，吃起来香、酥、脆，真是美味极了。

我吃了好几年的鳝鱼骨头，一直到我去外地念书。偶然回到乡下，喝到妈妈亲手熬的汤，总是觉得美味如昔，心中更是充满了感动。妈妈把深情与爱熬入那平凡的汤里，使我们身强体健。在普遍营养不良的乡下孩子中，我们总是气色红润、精神饱满。

"也许是小时候吃不到鳝鱼，长大之后，只要到馆子吃饭，看到有卖鳝鱼的，总会点两道来吃，一边吃一边怀念那段艰苦的岁月。"我对北京的朋友说。

大家听得入神，纷纷夹起鳝鱼，细细咀嚼。当然，有故事加味，鳝鱼也变得别有滋味了。

吃完火锅，在飘着小雪的北京街头漫步，想到我们的生命正是这些看似微贱的东西，累积出一些无价的意义，使我们感到丰盈。谁能告诉我鳝鱼骨头一斤多少钱？面包皮一袋多少钱？市场里捡来的青菜一斤多少钱？

只要有爱，就是无价的。

我想到，也是飘着细雪的寒夜，我在日本旅行，搭巴士从大阪到东京，在中途的休息站，有小摊在卖"炸鳗鱼骨"。

原来，日本人爱吃鳗鱼饭，剔出来的鳗鱼骨弃之可惜，有人收集鳗鱼骨油炸出售，竟成了许多人爱吃的美食，甚至在日本有很多连锁店。

我买了一包，坐上巴士，继续前往东京的旅途。车子高速前进，我品尝着这包五百元日币的鳗鱼骨，大为吃惊——与我的妈妈炸的鳝鱼骨，滋味一模一样，香、酥、脆。

巴士高速前进，公路边的灯火如流，思及岁月也是如流，生命里也有许多忧伤的寒夜。我强烈地想念妈妈，想念妈妈如何勤俭持家、照护我们长大，想念鳝鱼骨的滋味。

妈妈早已离世，在异国的雪夜中，我想到再也喝不到清炖的鳝鱼骨汤，再也不能一口一口地细细体会妈妈的深情。

想着想着，我的眼泪一滴一滴地落下，像窗外的雪花。

只要有爱
就是无价的

油面摊子

家附近有一担卖油面的小摊子,我平常并不太注意,有一回带孩子散步路过,看到生意极好,所有的椅子都坐满了人。

我和孩子驻足围观,这时见到卖面的小贩,把油面放进烫面用的竹捞子里,一把塞一个,刹那之间就塞了十几把,然后他把叠成长串的竹捞子放进锅里烫。

接着,他以迅雷不及掩耳的速度,将十几个碗一字排开,放佐料、盐、味素等,很快地捞面、加汤,十来碗面煮好的过程还不到五分钟,我和孩子看呆了。更令人赞叹的是,那个煮面的老板还边与顾客聊着闲天儿。

在我们从面摊离开的时候,孩子突然抬起头来说:"爸爸,我猜如果你和卖面的老板比赛卖面,你一定输!"

对于孩子突如其来的谈话,我感到莞尔,并且立即坦然承认,我一定输给卖面的人。我说:"不只会输,而且会输得很惨,这个世界上能赢过卖面老板的人大概也没有几个。"

后来我和孩子谈起了,他的爸爸在这世界上是输给很多人的。

接下来的几天,就玩着游戏一样,我带着孩子到处去看工作中的人,我们在对角的豆浆店看伙计揉面粉做油条,看油条在锅中胀大而充满神奇的美感,我对孩子说:"爸爸比不上炸油条的人。"

我们到街角的饺子店,看一位山东老乡包饺子,他包饺子就如同变魔术一样,动作轻快,双手一捏,个个饺子大小如一,煮出来晶莹剔透,我对孩子说:"爸爸比不上包饺子的人。"

我们在市场边看见一个削梨子与芭乐的小贩,他把水果削好切片,包成一袋一袋准备推到戏院去卖,他削水果时,刀子如同自手中长出,动作又利落、又优美,我对孩子说:"爸爸比不上削水果的人。"

就在我们放眼这个世界的时候,如果以自我为中心,很可能会以为自己是顶尖人物,一旦我们把狂心歇息下来,用赤子之心来观照,就会发现自己是多渺小,在人群之中,若没有整个市井的护持,我们连吃一套烧饼油条都成问题呀!这是为什么连圣贤都感叹地说:"吾不如老农,吾不如老圃"的缘故,我们什么时候能看清自己不如人的地方,那就是对生命有真正信心的时候。

看到人们貌似简单,事实上不易的生活动作时,我觉得每一个人都值得给予最大的敬意,努力生活的人们都是可敬佩的。他们不用言语,而以动作表达了对生命的承担。

承担,是生命里最美的东西!

我时常想,我们既然生而为人,不是草木虫鱼,就要承担,安然接受人生可能发生的一切,除了安然地面对,还能保持觉悟,就是菩提了。一般人缺少的正是觉悟的菩提罢了。

在古印度人传统的观念里,认为只要是两条河交会的地方一定是圣地,这是千年智慧累积所得到的结论。假如我们把这个观念提炼出来,人生何尝不是如此,在人与人相会面的那一刻,如果都有很好的心来相印,互相对流,当下自己的心就是圣地了。

油面摊子是圣地,豆浆店是圣地,水果摊是圣地……到处都是圣地,只是看我们有没有足够神圣的心来对应这些人、这些地方。当然,在我们以神圣的心面对世界时,自己就有了承担,也就成为值得敬佩的人之一。

我带着孩子观察了许多地方以后,孩子感到疑惑,他问:"爸爸,那么你有什么可以比得上别人呢?"

我说:"如果比写文章,爸爸可能会比得上那卖油面的老板吧!"

孩子说:"也不会,油面老板几分钟煮好十几碗面,爸爸要很久才写完一篇文章!"

父子俩相对大笑,是呀,这世界有什么东西可以相比,有什么人可以相比呢?事实上,所有的比较都是一种执着!

学插花

有一位朋友在学插花,是日本某一流派的花艺。

我对日本人的花艺一向没有好感,因为那被称为花艺的,正好是集匠气与矫作于一炉。因此,我对潇洒且大而化之的朋友竟去学日式插花觉得格外好奇。朋友告诉我,那看起来僵化的日式插花,其实只是一种格式,是性格与观点的锤炼,对于学得通达的人,不但仍有极大的创作空间,还能激发出人的潜力。

她说:"插花和禅一样,表面上有最严苛的形式,事实是在挖掘最大的自由。你不觉得,只有最严格的训练才有最自由的资格吗?"

朋友的话给我不小的启示,原来插花也是"绝地逢生"的事。凡是绝地逢生就如悬崖断壁上的兰花,或污泥秽地清放的莲花,或是漠漠黄沙里艳红的仙人掌花一般,既刺人眼目,又具禅的精神。什么事到了最高、最绝、最惊人,就被俗人看成禅意了。

学插花的朋友,说起她学插花获益最大的一件事。

她说:"我刚学插花时,老师教怎么插,我们就怎么插,三个月以后我才发现,老师每次插的花不是一朵、三朵、五朵,就是七朵、九朵,几乎没有二四六八的。我心里起了疑情,双双对对不是很好吗?为什么插花都要单数呢?我很慎重地去问老师,那位日本老师说,一三五七九是单数,插出来的花叫作'生花',就是有希望的花,由于不圆满,才显得有希望;双双对对的插花是'死花',因为太满了。我听了好感动,留一些缺憾、有一点儿理想不能完成,永远留下一丝丝不足才是最美的呀!"

缺憾有时比圆满更美,真是不可思议。朋友的话使我想起为什么菩萨要留一丝有情在人间,而且一直在苦难的煎熬中游化。菩萨之所以比声闻缘觉更美、更动人,那是他们在乎,在乎一切的有情,由于这样的在乎,追求事事圆满倒不是菩萨的志向,菩萨的志向是恒常保持一个有希望的观点,生生不息。

阳春世界

高中的时候,我就读台南海边的一所学校。

那学校是以无情的管教学生而著名,并且规定外地来的学生一律要住校,我因此被强迫住在学校宿舍,学校里规定,熄灯后不准走出校门,否则记小过一个。

说来好笑,我高中被记了好几个过,最后被留校察看,随时准备退学,原因竟是:熄灯后翻墙外出,屡劝不听,译成白话,用我的立场说:是学校伙食太差,时常半夜溜出去吃阳春面,不小心被捉到。

吃阳春面吃到小过连连,差点儿退学,这也是天下奇闻。

学校围墙外有一个北方来的退伍军人,开了一家小小的面馆,他的面条做得异常结实,好像把许多力气揉了进去,非常有滋味。并且他爱说北方的风沙往事,使我们往往宁可冒着被记过的危险,去吃他的阳春面。

那时候没有学生吃得起带肉的面,只能吃阳春面,面里浮着几星油丝、三四叶白菜、七八粒葱花,真是纯净一如阳春,但可以吃出面中的麦香,回味无穷。偶尔口袋里多了几文钱,就叫一块"兰花干"放在面上,觉得世界上再没有那种幸福的日子了。

我如今一想到"阳春面加兰花干",觉得这个名字非常之美,它的美是素朴的、诗意的,带一点儿生活平常的香气。但在那时,我们一开口说:"老板,一碗阳春面,放一块兰花干。"口水就已经流了满腮。

我对高中时代没有什么留念,却时常想起校外的阳春面和卖面的北方老板,甚至他的脸容、语音,以及面碗的颜色和形状,都还在眼前。

这些年,不容易吃到好的阳春面,也很少人吃阳春面了,有一次我在桃源街叫一碗阳春面,老板上下打量我半天,叹一口气说:"我已经有五年多没有卖过一碗阳春面了呀!"最后,他边煮我的阳春面,边诉说着现代的人多么浮华,没有牛肉、排骨、猪脚已经吃不下一碗面,他的结论是:"再过几年,有很多孩子可能不知道阳春面是什么东西了。"

阳春面其实不只是一碗面,我们这一代的人都是从那个阳春世界里走过来的,阳春世界不见得是好的世界,但却是一个干净、素朴,有着人间暖意的世界。

其实,就在高中时代,我早已坚信,人即使只有吃阳春面的物质条件,便可过得尊严而又幸福了。

阳春世界不见得是好的世界
但却是一个干净、素朴
有着人间暖意的世界

木鱼馄饨

深夜到临沂街去访友,偶然在巷子里遇见多年前旧识的卖馄饨的老人,他开朗依旧,风趣依旧,虽然抵不过岁月风霜而有一点佝偻了。"

四年多以前,我客居在临沂街,夜里时常工作到很晚,每天凌晨一点半左右,一阵清越的木鱼声,总是响进我临街的窗口。那木鱼的声音非常准时,天天都在凌晨的时间敲响,即使在风雨来时也不间断。

刚开始的时候,木鱼声带给我一种神秘的感觉,往往令我停止工作,出神地望着窗外的长空,心里不断地想着:这深夜的木鱼声,到底是谁敲起的?它又象征了什么意义?难道有人每天凌晨一时在我住处附近念经吗?

在民间,过去曾有敲木鱼为人报晓的僧侣,每日黎明将晓,他们就穿着袈裟草鞋,在街巷里穿梭,手里端着木鱼嘀嘀笃笃地敲出低量雄长的声音,一来叫人省睡,珍惜光阴;二来叫人在心神最为清明的五更起来读经念佛，以求精神的净化；三来僧侣借木鱼报晓来布施化缘，得些斋衬钱。我一直觉得这种敲木鱼报佛音的事情，是中国佛教与民间生活相契一种极好的佐证。

但是，我对于这种失传于闾巷很久的传统，却出现在台北的临沂街感到迷惑。因而每当夜里在小楼上听到木鱼敲响，我都按捺不住去一探究竟的冲动。

冬季里有一天，天空中落着无力的飘闪的小雨，我正读着一册印刷极为精美的金刚经，读到最后"一切有为法，如梦幻泡影，如露亦如电，应作如是观"一段，木鱼声恰好从远处的巷口传来，格外使人觉得昊天无极。我披衣坐起，撑着一把伞，决心去找木鱼声音的来处。

那木鱼敲得十分沉重着力，从满天的雨丝里穿扬开来，它敲敲停停，忽远忽近，完全不像是寺庙里读经时急落的木鱼。我追踪着声音的轨迹，匆匆地穿过巷子，远远地，看到一个披着宽大布衣，戴着毡帽的小老头子，他推着一辆老旧的摊车，正摇摇摆摆地从巷子那一头走来。摊车上挂着一盏四十烛光的灯泡，随着道路的颠踬，在微雨的暗道里飘摇。一直迷惑我的木鱼声，就是那位老头所敲出来的。

一走近，才知道那只不过是一个寻常卖馄饨的摊子，我问老人为什么选择了木鱼的敲奏，他的回答竟是十分简单，他说："喜欢吃我的馄饨的老顾客，一听到我的木鱼声，他们就会跑出来买馄饨了。"我不禁哑然，原来木鱼在他，就像乡下卖豆花的人摇动的铃铛，或者

是卖冰水的小贩手中吸引小孩的喇叭,只是一种再也简单不过的信号。

是我自己把木鱼联想得太远了,其实它有时候仅仅是一种劳苦生活的工具。

老人也看出了我的失望,他说:"先生,你吃一碗我的馄饨吧,完全是用精肉做成的,不加一点葱菜,连大饭店的厨师都爱吃我的馄饨呢。"我于是丢弃了自己对木鱼的魔障,撑着伞,站立在一座红门前,就着老人摊子上的小灯,吃了一碗馄饨。在风雨中,我品出了老人的馄饨,确是人间的美味,不下于他手中敲的木鱼。

后来,我也慢慢成为老人忠实的顾客,每天工作到凌晨的段落,远远听到他的木鱼,就在巷口里候他,吃完一碗馄饨,才开始继续我一天未完的工作。

和老人熟了以后,才知道他选择木鱼作为馄饨的信号有他独特的匠心。他说因为他的生意在深夜,实在想不出一种可以让远近都听闻而不至于吵醒熟睡人们的工具,而且深夜里像卖粽子的人大声叫嚷,是他觉得有失尊严而有所不为的,最后他选择了木鱼——让清醒者可以听到他的叫唤,却不至于中断了熟睡者的美梦。

木鱼总是木鱼,不管从什么角度来看它,它仍旧有它的可爱处,即使用在一个馄饨摊子上。

我吃老人的馄饨吃了一年多,直到后来迁居,才失去联系,但每当在静夜里工作,我仍时常怀念着他和他的馄饨。

老人是我们社会角落里一个平凡的人，他在临沂街一带卖了三十年馄饨，已经成为那一带夜生活里人尽皆知的人，他固然对自己亲手烹调后小心翼翼装在铁盒的馄饨很有信心，他用木鱼声传递的馄饨也成为那一带的金字招牌。木鱼在他，在吃馄饨的人来说，都是生活里的一部分。

　　那一天遇到老人，他还是一袭布衣，还是敲着那个敲了三十年的木鱼，可是老人已经完全忘记我了。我想，岁月在他只是云淡风轻的一串声音吧。我站在巷口，看他缓缓推走小小的摊子消失在巷子的转角，一直到很远了，我还可以听见木鱼声从黑夜的空中穿过，温暖着迟睡者的心灵。

　　木鱼在馄饨摊子里真是美，充满了生活的美。我离开的时候这样想着，有时读不读经都是无关紧要的事。

菅芒花永远不死
因为它随风飞翔
落在任何环境
都努力生长

第二辑

心存向往
不惧不忧

鞋匠与总统　　　　　　　上善若水

素　质　　　　　　　　　失恋之必要

满山菅芒花　　　　　　　一　朝

季节之韵　　　　　　　　不紧急却重要的事

从人生的最底层出发　　　沙漠中的旗杆

立刻完成的灵药　　　　　人生的画幅

猫头鹰人

为别人着想

鞋匠与总统

被公认为美国历史上最伟大的总统林肯，在他当选总统那一刻，整个参议院的议员都感到尴尬，因为林肯的父亲是个鞋匠。

当时美国的参议员大部分出身望族，自认为是上流、优越的人，从未料到要面对的总统是一个卑微的鞋匠的儿子。

于是，林肯首度在参议院演说之前，就有参议员计划要羞辱他。

在林肯站上演讲台的时候，有一位态度傲慢的参议员站起来说："林肯先生，在你开始演讲之前，我希望你记住，你是一个鞋匠的儿子。"

所有的参议员都大笑起来，为自己虽然不能打败林肯却能羞辱他而开怀不已。

林肯等到大家的笑声歇止，他说："我非常感激你使我想起我的父亲，他已经过世了，我一定会永远记住你的忠告，我永远是鞋匠的儿子，我知道我做总统永远无法像我父亲做鞋匠做得那么好。"

参议院陷入一片静默里，林肯转头对那个傲慢的参议员说："据我所知，我父亲以前也为你的家人做鞋子，如果你的鞋子不合脚，我可以帮你改正它。虽然我不是伟大的鞋匠，但是我从小就跟随父亲学到了做鞋子的艺术。"

然后他对所有的参议员说："对参议院里的任何人都一样，如果你们穿的那双鞋是我父亲做的，而它们需要修理或改善，我一定尽可能帮忙。但是有一件事是可以确定的，我无法像他那么伟大，他的手艺是无人能比的。"说到这里，林肯流下了眼泪，所有的嘲笑声全部化成赞叹的掌声。

林肯没有成为伟大的鞋匠，但成为伟大的总统。他被认为最伟大的特质，正是他永远不忘记自己是鞋匠的儿子，并引以为荣。

当六祖慧能去拜见五祖弘忍的时候，弘忍问他说："你是哪里人？来我这儿求什么东西呢？"

六祖说："我是岭南人，只求向你学习佛法。"

弘忍笑说："你是岭南人，又是没有受过教化的蛮人，怎么能成佛呢？"

慧能说："人有南北之分，佛性却没有南北的差异；蛮人的身份与和尚的身份虽然不同，佛性究竟有何差别呢？"

弘忍暗中赏识，最后终于把衣钵传给这位岭南来的蛮子、自幼丧父的樵夫。

批评、讪笑、毁谤的石头,有时正是通向自信、潇洒、自由的台阶。

那些没有被嘲笑与批评的黑暗所包围过的人,就永远无法在心里点起一盏长明之灯。

素　质

很小很小的时候，我就感觉到花是非常奇怪的，因为在家院的庭前种了桂花、玉兰和夜来香，到了晚上，香气随同四散，流动在家屋四周，可是这些香花都是白色的。反而那些极美丽的花卉，像兰花、玫瑰之属，就没有什么香味了。

长大以后，才更发现这种截然不同的风格，凡香气极盛的花，桂花、玉兰花、夜来香、含笑花、水姜花、月桃花、百合花、栀子花、七里香，都是白色，即使有颜色也是非常素淡，而且它们开放的时候常成群结队的，热闹纷繁。那些颜色艳丽的花，则都是孤芳自赏，每一枝只开出一朵，也吝惜着香气一般，很少有香味的。

"香花无色，色花不香"这真是一个惊人的发现；"素朴的花喜欢成群结队，美艳的花喜欢幽然独处"也是惊人的发现。依照植物学家的说法，白花为了吸引蜂蝶传播花粉，因此放散浓厚的芳香；美丽的花则不必如此,只要以它的颜色就能招蜂引蝶了。

我们不管植物学家的说法,就单以"香花无色,色花不香"就可以给我们许多联想,并带来人生的启示。

在人生里,每一个人都有其独特非凡的素质,有的香盛,有的色浓,很少很少能兼具美丽而芳香的,因此我们不必欣羡别人某些天生的素质,而要发现自我独特的风格。当然,我们的人生多少都有缺憾,这缺憾的哲学其实简单:连最名贵的兰花,恐怕都为自己不能芳香而落泪哩!这是对待自己的方法,也是面对自己缺憾还能自在的方法。

面对外在世界的时候,我们不要被艳丽的颜色所迷惑,而要进入事物的实相,有许多东西表面是非常平凡的,它的颜色也素朴,但只要我们让心平静下来,就能品察出这内部最幽深的芳香。

当然,艳丽之美有时也值得赞叹,只是它适于远观,不适于沉潜。

一个人在年轻的时候,很少能欣赏素朴的事物,却喜欢耀目的风华;但到了中年则愈来愈喜欢那些真实平凡的素质,例如选用一张桌子,青年多会注意到它的颜色与造型之美,中年人就比较注意它是紫檀木或是乌心石的材质,至于外形与色彩就在其次了。

我时常有一种新的感怀,就是和一个人面对面说了许多话,仿佛一句话也没有说;可是和另一个人面对面坐着,什么话也没有说,就仿佛说了很多。人到了某一个年纪、某一个阶段,就能穿破语言、表情、动作，直接以心来相印了，也就是用素朴面对着素朴。

　　古印度人说，人应该把中年以后的岁月全部用来自觉和思索，以便找寻自我最深处的芳香。我们可能做不到那样，不过，假如一个人到了中年，还不能从心灵自然地散出芬芳，那就像白色的玉兰或含笑，竟然没有任何香气，一样的可悲了。

满山菅芒花

屋顶平台的水管边，长出几丛菅芒花，每天在风中摇来摇去，好像对我说："秋天了，秋天了，出门看风景吧！"

我沿着山坡小路散步，看到满山的菅芒花正盛开，菅芒花在秋天最美，是人人都知道的，但是很少人知道，菅芒花最美的颜色是将开未开之际，那时它是浅紫色，仿佛空中的紫水晶。

也很少人知道，菅芒花在月光下最美，衬着墨蓝色的黑夜，点点银芒散在山坡野地，总使我想起萤火虫在稻田边飞来飞去的情景。

最美的菅芒花，是在它飞散的时候，有如流逝的灯花星火。

看着秋天满山的菅芒花，我就想到在屋顶上的菅芒花，是不是从这山坡飞翔而去的种子呢？而屋顶上的菅芒花一旦成熟，种子会飞去哪里？会不会飞回这一片山坡？

人是不是也像菅芒花的种子，在某地某一个秋天偶然飞起，与前世的亲友、情人在此相会，随着业力的风在宇宙漂流？这是不是就是轮回的秘密呢？

菅芒花永远不死，因为它随风飞翔，落在任何环境都努力生长。

肥沃的山坡与贫瘠的屋顶，都不能防止菅芒开美丽的花，人如果富裕或贫贱，是不是也能维持同样的志气呢？

季节之韵

在这冬与春的交界,有时候感觉不是一季要变为另一季,而是每天就是一季。尤其是天气如此阴晴不定,昨天还冷得彻人,今天就要换上夏衫,以为从此就是好日子了,明天又是一道冷锋,悄悄地从远方袭来,这时候会想起憨山大师的一首禅诗:

> 世界光如水月,
> 身心皎若琉璃,
> 但见冰消涧底,
> 不知春上花枝。

春上花枝确实是一种"不知",它仿佛是没有预告的电影,默默地上映,镜头一瞥,就是阳光灿烂,花团锦簇了。

比较长期而固定的剧本,是百货公司打折的招牌。从八折、七折、五折、三折,忽然打到一折了。那打折的不仅是服装,而是一点一点在飘去的冬季。冬季都打到一折了,春天就要从谷底生发出来。

百货公司的彻底打折,是一种季节的预告,也是一种欲望的牵引。其实我们冬季的衣服已经够穿,而今年再也没有机会穿,却因为打折,满足了我们对明年的冬季的一种欲望的期待,许多人因此花很便宜的价钱买下要封存整季(或者更久)的服装。表面上看来,或许今年的冬天不必再添置新装,但到了冬天,我们又会有新的欲望、新的渴求,也因此,打折是永不休止的。

服装的价格与美学,因为打折被混淆了。我们本来应该选择那些精美的服饰,买上少数的几件,却往往因为贪求便宜,买了许多品质不是很好、自己不是很喜欢的东西。由于外在环境的打折,我们对于美的要求也随之打折,心灵也跟着打折了。

其实,对于季节,或者心灵的创发,我们应该有一种决然的态度。也就是把全部的精力投注于某一个焦点,以生命来融入,既不留意去年冬季的残雪,也不对今年的冬天做过度的期待。现在既然是春天了,与其逛街闲置冬装,不如脱下重装,体验一下春天的自由与阳光。因为去年的冬天已不可追回,今年的冬季还寄放在乌何有之乡。

有一个禅的故事可以说明这样的心情:

一粒榕树的种子偶然落在地里,它对自己生命的未来感到迷惑。

抬起头来看见一棵百年的榕树——它的母亲正昂然站立在蓝天的背景上。

种子说:"妈妈,你怎么能如此伟大地站立在大地之上呢?"

榕树说:"这不是伟大,只是一种自然的生长呀!我们在季节中长大,吸收雨露阳光,甚至接受狂风与闪电的考验。每一粒榕树的种子,只要健康就会长大。你也一样呀,孩子!"

种子说:"可是,妈妈,为什么我一直都住在如此阴暗潮湿的土地上呢?我要如何才能像您一样挺立呢?"

"首先,我的孩子,你必须要消失,把自己融入泥土里,然后发芽,变成一棵树。有一天你就能像我一样,享受蓝天、阳光与和风呀!"

"妈妈,我要先消失,这多么可怕呀!万一我消失融入泥土,没有长成一棵树,而变成了一点泥土呢?这样太冒险了,还是让我保留一半是种子,一半长成树木吧!"

于是,种子自己做了这样的主张,只选择了一半的消失,妈妈长叹一声。不久,那榕树的种子变成泥土,完全地消失了。

生命的成长、季节的成长也是这样子决然的。一个人如果没有全身心投入于此刻的融入,真实的发芽就变成不可能。放下一半的自我,不会是全然的自我。一株花如果不用全心来凋谢,就没有足够的养分长出树叶;一粒种子如果不全心地来消失,就不会从内在的最深处长出芽来。

因此,我们的生命不能打折!

大慧宗杲禅师也有一首优美的诗来说这种心情:

> 桶底脱时大地阔,
> 命根断处碧潭清,
> 好将一点红炉雪,
> 散作人间照夜灯。

季节里年年都有冬季,人生中不也是常常面对着寒冷的冬季吗?泉自冷时冷起,峰从飞处飞来。在那无垠的轮替之中,有没有一个洞然明白的观照呢?

人间照夜的灯火,来自红炉中雪融的时刻。让我们以一种泰然欣赏的态度走过打折的市场,让我们知道生命的真实之道是如实知见自己的心,没有折扣!

世界光如水月
身心皎若琉璃
但见冰消涧底
不知春上花枝

从人生的最底层出发

禅宗的六祖慧能,三岁就没有父亲,与母亲相依为命,由于家境贫困,他没有进过一天学堂,连一个字也不认识。

长大以后做了樵夫,每天到深山砍柴,然后拿到市场去卖,以养活母亲。

从小孩到青年时代,慧能一点儿也没有特别的地方,就像在路边卖柴火的任何一个小贩一样。

有一天,慧能依旧在街边卖柴,有人来向他买柴,叫他挑到大户人家安道诚家里,他把木柴挑到堂前,收了管家的钱正要离去,突然听见安道诚在堂上念《金刚经》的声音:"凡所有相,皆是虚妄,若见诸相非相,即见如来。"

慧能听了,停下脚步,因为他从来没有听过这么奇怪的语言。

"所谓佛法者,即非佛法,是名佛法。"

慧能的心里起了疑团：为什么叫作佛法的东西，就不是佛法，才叫作佛法呢？是不是也可以说："所谓木柴，即非木柴，是名木柴呢？"

他更专心地听下去："诸菩萨摩诃萨，应如是生清净心，不应住色生心，不应住声香味触法生心。应无所住，而生其心。"

当慧能听到"应无所住，而生其心"这一句时，心里的灯好像被点着了，身心一片清明，于是，他恳求安老爷告诉他刚刚读的是什么经。

安道诚告诉他是《金刚经》，是黄梅东山的五祖弘忍大师送给他的经，因此，如果要了解《金刚经》的意思，应该去请教弘忍大师。

后来，安道诚不但送银子给慧能奉养母亲，还答应照顾他的母亲，叫他安心地去黄梅东山追随弘忍大师。

慧能到黄梅后的故事，是大家都熟知的，他从一个贫困的孤儿、不识字的白丁、砍柴为生的劳动者，最后成为禅宗的祖师，影响了整个世界。

身世与慧能相似，影响力可以与慧能相比的，是玄奘法师。

玄奘也是一个孤儿，从小到寺庙投靠已经出家的哥哥长捷法师。

隋唐之际，天下大乱，玄奘跟随哥哥走遍大半个中国，参访伟大的修行者，跟随许多师父学习，经过了十年的时间，他发现众多的师父所引据的经典都不同，以至于论点大有歧异，无所适从，因此发愿到天竺去，一方面寻找原典，一方面问惑辨疑。

二十五岁的时候，玄奘不顾皇帝的禁令，出发到天竺去，他独自一个人走过今天的新疆，经过土耳其、阿富汗，进入印度境内，一共走了五万多里，才到达摩揭陀国的那烂陀寺，整整走了五年。

在那烂陀寺跟着戒贤论师学习经典五年，再度出发，以十二年的时间游学印度诸国，拜见贤德的修行人，并寻求梵本佛经。

四十一岁的时候，玄奘已经名震天竺，戒日王为他在曲女城举行辩论大会，五印度的十八个国王和大小乘、婆罗门七千位法师参加，玄奘大师为论主，与印度各地的法师辩论，经过十八天，所有的人都为之折服，十八国国王在会后全部皈依做他的弟子。

四十二岁，玄奘大师带着一百五十粒的佛陀舍利、六百五十七部的佛经原典回到长安，皇帝赐号"三藏法师"，以表彰他精通经、律、论三藏，熟知所有佛教圣典。

回到中国以后，玄奘大师以十九年的时间译出七十五部、一千三百三十五卷佛经，到六十三岁过世，不只全国哀悼，唐玄宗哀恸逾恒，为之痛哭罢朝三日。

玄奘大师一生的历程和译出的佛经，影响了整个亚洲的佛教思想。

谁能想象这样伟大的人，竟是一个孤儿呢？

按理说，出身贫困的人，是从人生的最底层出发，应该会想要追求权势，但慧能和玄奘都远超俗心，玄奘做了印度十八个国王的老师，为了青年时代的誓愿，十八个国王也留他不住。回国后，唐玄宗两度劝他放弃道业，辅佐国政，他说："我但愿做平凡的出家人，守住佛陀遗留的教法。"坚持不肯接受皇帝的召请。

六祖慧能也有同样的风骨,武则天、唐中宗听闻他的名声,多次派人敕书征召到皇宫相见,慧能每次都说:"贫僧年老多病,不堪远行,今世只能终老山林,有负圣恩。"竟坚决不肯奉诏。

从玄奘和慧能的事迹,我们可以知道从人生最底层出发的人,也可以走到生命境界的最高层。

与玄奘、慧能一样的孤儿,唐朝还有一个伟大人物,名叫陆羽。

陆羽比玄奘、慧能更惨,他是一个弃儿,从小被人丢弃在河边,由竟陵禅师养大。

陆羽在寺庙长大,打扫寺庙、清洁厕所、割草修花、放牧牛群,什么杂事都做,但他独独喜欢读书和喝茶。十三岁逃出寺庙,像闲云野鹤遨游四海,品评天下的茶和水,在二十几岁就写出了《茶经》,凡是喝过他泡的茶,与他交游的人,无不倾倒。

陆羽的才学与名声,传到皇帝的耳中,下诏官拜"太子文学"、"太常寺太祝",陆羽竟不肯就职,浪迹天下数十年。

他写的《茶经》是全世界第一本介绍茶的专书,使原本在柴、米、油、盐、酱、醋、茶之末流的茶叶,进入了道之流、艺术的境界。这本《茶经》如今还深深影响着喝茶的人,甚至远传日本、韩国,陆羽就被公认为"茶圣",死后被祭祀,称为"茶神"。

我有一次在日本的茶堂喝茶,看到堂上高高供着一位古人的塑像和一本书,便问日本朋友那是什么人。"那个人是陆羽,书是他著的《茶经》。"朋友说。

我站在那塑像前沉思感动良久,这个真正从人生最底层出发的人,竟成为被供奉的神明了。陆羽没见过父母,甚至连自己姓什么也不知道,他的"陆"姓是竟陵智积禅师俗家的姓氏,名"羽",字"鸿渐",都是长大后自己取的。

陆羽,这个名字翻成白话是"漂泊在陆地上的一根羽毛",可见陆羽对自己的身世有着深沉的感触。

即使轻如一根羽毛,也能自由自在,不被权势与欲望左右哩!

我每次在生命的进程中受到挫折,一想到慧能、玄奘、陆羽,就觉得充满了勇气,我们从人生最底层出发的人,虽然出身贫寒,没有任何的资源,在起跑点上不如别人,但只要我们有超越的心、坚强的意志,不被物质与名利捆绑,也可以活出慧能那样超卓、玄奘那样广大、陆羽那样自由的境界。

从小人物到大丈夫,当如是也!

立刻完成的灵药

从前有一个国王,他的性子很急,对任何事情都不愿意等待。由于他位高权重,几乎所有的事情都能达成愿望。

有一天,王后生了一个女儿,整日整夜地啼哭,使国王感到心烦。他看着因哭泣而脸皱成一团的公主,心里想着:"如果我的公主能立刻长大就好了,我就可以看见她亭亭玉立美丽的样子。"

虽然在理智上他知道没有人能立刻长大,但是在情感上却非常着急,一想到要看到美丽的女儿还要经过那么漫长的时间,他更是急得难以安寝。

国王心里想:"以我的权势和财富,加上国中人才济济,难道真的找不到使公主立刻长大的方法吗?如果连这样的方法都找不到,我做国王有什么意思?养一群大臣又有何用呢?"

他一想到,就立刻下令,召集所有的大臣到宫里来,当众宣布:

"各位都是国中处理大事的智者,我很希望各位帮我想一个方法,让初生的公主立刻长大,不知道哪一位可以想出方法?"

大臣们面面相觑,不敢相信自己的耳朵,只好据实以告:"大王!我们虽然处理过许多国家大事,却从来没有听过能使婴儿立刻长大的方法呀!"

国王听了非常生气:"都是一群饭桶,以我们全国的力量,难道找不到一个使孩子立刻长大的方法吗?连这小小的方法都不知道,还能处理什么重大的国事呢?限你们今天晚上就给我想出一个让婴儿立刻长大的方法,否则不准走出皇宫一步。"

大臣们个个吓得面色如土、噤若寒蝉,一句话也不敢说。其中一位年长的大臣站出来说:"大王!在我国有一位最高明的医生,说不定他有立刻长大的灵药。"

国王立刻派人火速把名医请来,问名医说:"你是我国医术最高明的医生,不知你有没有使公主立刻长大的灵药?"

"大王!这……"名医陷入了沉思。

国王着急地说:"只要你能使公主立刻长大,有任何困难,你尽管说!"

"大王!使公主立刻长大并没有什么困难。我知道在遥远的东方有这样的灵药,只要给公主服用,立刻就会长大。只是往返费时,要走很久的时间才会抵达。"名医平和地说。

国王一听，眼睛发亮，急切地问："那么，要走多久的时间呢？"

名医说："至少要十二年的时间，而且那种灵药要新鲜的时候吃才有效，所以我一定要带公主前往，摘下来立刻给公主服用，公主就会立刻长大了。"

国王欣喜若狂："太好了！太好了！只要能让公主立刻长大，就算采灵药需要走十二年的时间也值得的。"

名医于是把公主带走了。

从此，国王每天都在担心，不知道十二年后公主有没有吃到遥远东方的那种灵药。有一天正在担心时，忽然听到禀报：公主和名医回来了。

当名医走进来的时候，身边跟着青春美丽、亭亭玉立的公主，国王看了欢喜不已：公主真的吃到立刻长大的灵药了。

他立刻召集群臣，公开宣布："这果然是我国第一名医，既知道灵药在哪儿，又千里迢迢带公主去吃灵药，公主确实是立刻长大了。名医真是名不虚传！"

在我年少的时候，也曾经像国王一样，希望这个世界有一种万灵丹，让我们选择人生里自己喜欢的部分。

我曾经梦想，吃了一颗万灵丹，一睡醒来，已经度过了烦人的升学与考试，从最好的大学毕业。

也曾经梦想，不必经过长途的追寻、饱受情爱的挫折，吃了一颗万灵丹，张开眼睛，已经有了这个世界上最相知相契的伴侣。

更曾经梦想，远离一切成长的痛苦、远离一切努力的奋斗、远离一切悲伤的眼泪，当我服了那立刻完成的灵药，人生已经美满，从此过着幸福快乐的日子。

很可惜这个世界上没有这样的灵药，于是，在短暂的梦想之后，我依然坐在孤灯下读书写作。在情感的追寻中，我默默承受被抛弃与背叛的痛苦。在生命成长的过程里、我也常常流下悲伤的眼泪。

经过编织美梦的少年时代，我逐渐知悉了生命并没有结局，每一个结局只是一个新过程的开始罢了，美好的过程可能带来惨痛的结局，痛苦的过程也可能带来幸福的结局。当然，过程平顺而结局圆满，是最理想的，但一时圆满不代表永远美满，只是走向一个新的起点。

我们的人生不是问答题，有时问不在答里，有时答不在问里；有的问题没有答案，有的答案远在问题之外。

我们的情感不是是非题，没有绝对的是非，因为每一个情感都是不相同、不能类比的；每一段情感都是对错交缠的，在失败的情感中，没有赢家。

可叹的是，这些对过程更深刻的认识，对人生更深密的思维，都是到饱经挫折的中年才慢慢理清的。

在我生命最困苦的时刻，也曾寻找过万灵丹，向天求告："请给我一帖灵药吧！"我曾乞灵于宗教，探寻生命的终极安顿之方；也曾炼丹于文艺，追求情爱的平息烦恼之法。

经过了差不多十年，我才发现"灵药并不在远方"，也就是正视每一个眼前的生活历程，努力地活在当下，对这一阶段的人生与情感用心珍惜。

由于对眼前、对当下的珍惜用心，才能不怨恨过去，不怀忧未来。才能在每一个过程当中努力承担，以最大的心意来生活。

在人生的历程，我不着急，我不急着看见每一回的结局，我只要在每一个过程，慢慢慢慢地长大。

在被造谣时，我不着急，因为我有自知之明。

在被误解时，我不着急，因为我有自觉之道。

在被毁谤时，我不着急，因为我有自爱之方。

在被打击时，我不着急，因为我有自愉之法。

那是因为我深深地相信：生命的一切成长，都需要时间。

猫头鹰人

在信义路上,有一个卖猫头鹰的人,平常他的摊子上总有七八只小猫头鹰,最多的时候摆十几只,一笼笼叠高起来,形成一个很奇异的画面。

他的生意顶不错,从每次路过时看到笼子里的猫头鹰全部换了颜色可以知道。他的猫头鹰种类既多,大小也很齐全,有的鹰很小,小到像还没有出过巢,有的很老,老到仿佛已经不能飞动。

我注意到猫头鹰人是很偶然的,一年多前我带孩子散步经过,孩子拼命吵闹,想要买下一只关在笼子里的小猫头鹰。那时,卖鹰的人还在卖兔子,摊子上只摆了一只猫头鹰,卖鹰者努力向我推销说:"这只鹰仔是前天才捉到的,也是我第一次来卖猫头鹰,先生,给孩子买下来吧!你看他那么喜欢。"我这才注意到眼前卖鹰的中年人,看起来非常质朴,是刚从乡下到城市谋生活的样子。

我没有给孩子买鹰,那是因为我一向反对把任何动物关在笼子里,而且我对孩子说:"如果都没有人买猫头鹰,卖鹰的人以后就不会到山上去捉猫头鹰了,你看,这只鹰这么小,它的爸爸妈妈一定为找不到它在着急呢!"孩子买不成猫头鹰,央求站在摊子前面再看一会儿,正看的时候,有人以五百元买了那只鹰,孩子"哇啦"一声,不舍得哭了出来。

此后我常常看见卖鹰的人,他的规模一天比一天大,到后来干脆不卖兔子,只卖猫头鹰,定价从五百五十元到一千元左右,生意好的时候,一个月卖掉几十只。我想不通他从何处捕到那么多的猫头鹰,有一次闲谈起来,才知道台湾深山里还有许多猫头鹰,他光是在坪林一带的山里一天就能捕到几只。

他说:"猫头鹰很受欢迎咧!因为它不吵,又容易驯服,生意太好了,我现在连兔子也不卖了,专卖鹰。一有空我就到山上去捉,大部分捉到还在巢中的小鹰,运气好的时候,也能捉到他们的父母……"

我劝他说:"你别捉鹰了,捉鹰的时间做别的也一样赚那么多钱。"

他说:"那不同咧!捉鹰是免本钱稳赚不赔的。"

对这样的人,我也不能再说什么了。

后来我改变散步的路线,有一年多没有见过卖猫头鹰的人。前不久我又路过那一带,再度看到卖鹰者,他还在同一个街角卖鹰,猫头鹰笼子仍然一个叠着一个。

当我看见他时，大大吃了一惊，那卖鹰者的长相与一年前我见到他时完全不同了。他的长相几乎变得和他卖的猫头鹰一样，耳朵上举、头发扬散、鹰钩鼻、眼睛大而瞳仁细小、嘴唇紧抿，身上还穿着灰色掺杂褐色的大毛衣，坐在那里就像是一只大的猫头鹰，只是有着人形罢了。

短短一年多的时间，为什么使一个人的长相完全不同了呢？这巨大的变化是从何而来呢？我努力思索卖鹰者改变面貌的原因。我想到，做了很久屠夫的人，脸上的每道横肉，都长得和他杀的动物一样。而鱼市场的鱼贩子，不管怎么洗澡，毛孔里都会流出鱼的腥味。我又想到，在银行柜台数钞票很久的人，脸上的表情就像一张钞票，冷漠而势利。在小机关当主管作威作福的人，日子久了，脸变得像一张公文，格式十分僵化，内容逢迎拍马。坐在电脑前面忘记人的品质的人，长相就像一架电脑。跑社会新闻的记者，到后来，长相就如同社会版上的照片……

原因是这样来的吗？或者是像电影、电视上演坏人的演员，到最后就长成一脸坏相，因为他打从心里一直坏出来，到最后就无法辨认了。还有那些演色情片的演员，当她们裸体的照片登在杂志，我们仿佛只看到一块肥腻的肉，却不见她们的心灵或面貌了。

一个人的职业、习气、心念、环境都会塑造他的长相和表情，这是人人都知道的，但像卖鹰者的改变那么巨大而迅速，却仍然出乎我的预想。我的眼前闪过一串影像,卖鹰者夜里去观察鹰的巢穴,白天去捕捉,回家做鹰的陷阱,连睡梦中都想着捕鹰的方法,心心念念在鹰的身上,到后来自己长成一只猫头鹰都已经不自觉了。

我从卖鹰者的前面走过,和他打招呼,他居然完全忘记我了,就如同白天的猫头鹰,眼睛茫然失神,他只是说:"先生,要不要买一只猫头鹰,山上刚捉来的。"

这使我在后来的散步里,想起了三千年前瑜伽行者的一部经典《圣典博伽瓦谭》中所记载,巴拉达国王的故事。

巴拉达国王盛年的时候,弃绝了他的王后、家族,和广袤的王国,到森林里去,那是他深信古印度的经典,认为人应该把中年以后的岁月用于自觉。

他在森林中过着苦行生活,仅仅食用果子和根菜植物,每日专注地冥想,经过一段时间,他的自我从身中醒觉了过来。有一天他正在冥想,忽然看到一只母鹿到河边饮水,随着又听到不远处狮子的大吼,母鹿大吃一惊,正要逃跑的时候,一只小鹿从它的子宫堕下,跌入河中的急流里,母鹿害怕得全身颤抖,在流产之后就死去了。

巴拉达眼看小鹿被冲向下游,动了恻隐之心,便从河里救起小鹿,把小鹿带在自己身边。他从此和小鹿一起睡觉、一起走路、一起洗澡、一起进食,他对待小鹿就如同对待自己的孩子,自己的心念完全系在小鹿身上。

有一天，小鹿不见了。巴拉达陷入了非常焦躁的意念里，担心着小鹿的安危就像失去了儿子一样，他完全无法冥思，因为想的都是小鹿，最后他忍不住启程去寻找小鹿，在黑暗森林里，他如痴如狂呼唤小鹿的名字，他终于不小心跌倒了，受了重伤，就在他临终的时候，小鹿突然出现在他的身边，就像爱子看着父亲一样看着他，就这样，巴拉达的心念和精神全部集中在小鹿身上，他下次醒来的时候，发现自己成为一头鹿，这已经是他的下一世了。

这是瑜伽对于意念的看法，意念不仅对容貌有着影响，巴拉达因疼爱小鹿，都因而沉进了轮回的转动，那么，捕捉贩售猫头鹰的人，长相日益变成猫头鹰又有什么可怪呢？

和朋友谈起猫头鹰人长相变异的故事，朋友说："其实，变的不只是卖鹰的人，你对人的观照也改变了。卖鹰者的长相本来就那样子，只是习气与生活的濡染改变了他的神色和气质罢了。我们从前没有透过内省，不能见到他的真面目，当我们的内心清明如镜，就能从他的外貌而进入他的神色和气质了。"

难道，我也改变了吗？

在这个世界上，我们的意念都如在森林中的小鹿，迷乱地跳跃与奔跑，这纷乱的念头固然值得担忧，总还不偏离人的道路。一旦我们的意念顺着轨道往偏邪的道路如火车开去，出发的时候好像没有什么，走远了，就难以回头了。所以，向前走的时候每天反顾一下，看看自我意念的轨道是多么重要呀!

　　我们不只要常常擦拭自己的心灵之镜,来照见世间的真相;也要常常照照镜子,看看自己的长相与昨日的不同;更要照心灵之镜,才不会走向偏邪的道路。卖猫头鹰的人每天面对猫头鹰,就像在照镜子,我们面对自己俗恶的习气,何尝不是在照镜子呢?

　　想到这里,有一个人与我错身而过,我闻到栗子的芳香从他身上溢出,抬头一看,果然是天天在街角卖糖炒栗子的小贩。

为别人着想

有一次到花莲的静思精舍去拜访证严法师。正好是快午餐的时间,我在精舍中随意散步,走到厨房外面,看见一群师姊正蹲在地上拣菜、洗菜。

我便加入她们的行列。我虽然是男生,但从小什么苦都吃过,洗菜、拣菜实在难不倒我。师姊们微笑地欢迎我,并不因为我是男生或宾客而拒绝我到厨房工作——我就是喜欢寺庙里的这种天真自然,没有客套的作风。

与我坐在一起拣菜的师姊是两位老太太,年纪都在六十开外,是儿孙都长大了而自愿到庙里做义工的,因为每到假日,各地到静思精舍"朝圣"的宾客很多,"回娘家"的委员会员也不少,厨房内总是忙得不可开交。

我们一边把腐叶剥除,一边把纤维太粗的菜梗择去。一位师姊说:

"我们一边洗菜,一边把菜折成一段一段的,这样厨房的师姊就不用动菜刀了。"

我把菜折成一段一段。另一位师姊说:"你折这样太长了,吃的人要塞进嘴巴不方便哩!应该折成一寸一寸的,这样吃的人才方便。师父说,常常为别人着想,就是慈悲!"

我说:"师姊,你真有智慧。"

她忙客气地说:"没有,没有,都是师父教的,我以前菜折得比你还长呢!"

从此,我每次吃青菜都会想到那两位师姊告诉我的话,想到"常常为别人着想,就是慈悲"。如果洗菜的人为掌厨的人着想,厨师为吃菜的人着想,而吃菜的人可以感恩厨师、洗菜的人,甚至种菜的人,那就会形成一个善的循环,使每个人都有美好的态度了。

"为别人着想"看起来是非常简单的事,实现起来却不简单。不要说没有对象时为别人着想,即使是为自己的亲人着想也不容易。像儒家思想里最简单的立意——"身体发肤,受之父母,不可毁伤,孝之始也。""吾日三省吾身,为人谋而不忠乎?与朋友交而不信乎?传不习乎?"其出发点正是从"为亲人着想",再进一步"为别人着想"。

大乘的思想也是奠基于此。一个人如果不能打破自私的框限,去为别人着想,是永远不可能了解的。

我们也可以说，一个人如果真正建立了为别人着想的人生观，就不会逃避人生的责任，不会背弃朋友的信义，不会辜负父母的养育与慈爱。只有这种境界得到提升，才可能有真正的慈悲。

最近几年，青少年自杀的事件很多，也有许多人留下遗书。我曾再三研读这些青少年的遗书，发现几乎没有一封遗书是曾经感谢父母、师长和朋友的。使我疑惑的是，难道一个人对世界毫无眷恋，到临终之顷，对父母也没有一点儿遗憾与愧疚吗？

我们花费如此大的心血来养育孩子，让他们进最好的学校，有良好的成绩与知能，为什么他们的爱却如此脆弱呢？为什么孩子不能为父母亲友着想呢？

要能为别人着想，一定是从生活中培养起来的。一个人如果曾经真正地生活过，知道生活本来就有种种困境与磨难，就会懂得为别人着想。

看看我们现今教育中的孩子吧！他们为了升学、为了考上好的学校，几乎完全不管生活的事物。他们只承担成绩的好坏，不必承担生活的责任，几乎个个都成为"当红炸仔鸡"，而且是肉鸡做的。

一个为成绩而活在世上的孩子，可以想见当他遇见生活的难题，将会是如何无助，就像把肉鸡打开笼子，放弃到野外一样。

一个为成绩活在世上的孩子，不会知道一盘菜的完成需要农夫的心血、父母的工作、洗拣和烹煮，也就无法培养出"感恩的心"和"为别人着想的心"。

一个为成绩活在世上的孩子,有一天发现真实的生活离不开洗碗、扫地、洗衣服,也离不开上班、听训、升迁无望,甚至离不开失恋、失败、失策等,或者也会因此而厌弃世界了吧!

上善若水

为了赶到埔里参加下午两点的演讲,我清晨八点就出门了,坐从公路局开往埔里的"国光"号,九点钟开。

沿路的交通状况十分紧张,在高速公路上有塞车,到草屯的时候已经是下午两点。我心里非常着急,想到有两百多位来自全省各地的老师在演讲的地方枯候,却也无计可施,便从旅行袋中拿出一本正在诵读的《老子》来看,翻到昨天再三诵读的一段像诗一样优美的文字:

> 古之善为道者,微妙玄通,深不可识。
> 夫唯不可识,故强为之容。
> 豫兮若冬涉川,
> 犹兮若畏四邻,
> 俨兮其若客,

涣兮若冰释，

敦兮其若朴，

旷兮其若谷，

混兮其若浊，

淡兮其若海，

飘兮若无止。

这段话的意思是说，古代有道的人，微妙玄通，高深不可看透，由于无法看透，我们只好勉强形容他：他的细心就像冬天走过河川，他的谨慎就像畏惧四邻的目光，他的庄重就像到别人家做客，他的潇洒就像冰雪融解，他的敦厚就像朴实的原木，他的开阔就像虚怀的山谷，他的混沌就像江河，他的淡泊像沉静的大海，他的飘逸啊……像风一样永远没有定止。

读了这段话，心胸一畅。近几年不知道为什么，非常喜欢老子，甚至还胜过年轻时代喜爱的庄子，读《庄子》的时候心里常有幽微、沉静、朴素、庄严之感，就仿佛走入广大的森林，呼吸清新的空气，或者是在无边的海洋上泛舟。我把这种感觉告诉对老庄颇有研究的朋友，他说："那表示你的年纪大了呀！"

他说，中国读书人到中年，很少有人不喜欢老庄的。在入世、充满活力的青年眼中，老庄是消极无为的，他们是不可能品味老庄思想的。唯有走过沧桑、对人世间无求（或知道求与不求仅是如此）的人才能品出老庄思想的真味。

正在想的时候，埔里到了，表上指着下午两点十五分。

"糟糕！再转到山里的寺庙，怕要三点了！"我心里这样想，心中浮起"涣兮若冰释，敦兮其若朴"的句子，也就释然了。对这不断变幻，没有定止的人生，我们只要时刻尽力而为也就好了，万事岂能尽如人意？

见到寺庙里主办演讲的师父，已经是下午三点了，我正好要解释为什么迟到，他满脸惊讶地说："林教授，你怎么来了？"

"咦？下午不是有我的演讲吗？"我比他更惊讶。

"没有呀！演讲已经取消了。"

我当场怔住，想到我清晨八点出门，经过七小时的奔波风尘，才到达这远在埔里山中的寺院，丢下台北那些紧急的事务，而演讲竟已取消了。我甚至没有责问的力气了，连"为什么演讲取消了，这么大的寺院没有一个人告诉我？"这样简单的问句也说不出来。记得昨天我打电话来确定，接电话的人还告诉我："到台北公路局北站坐车。"

既然没有演讲，就转下山回台北吧。可是想到又是几小时的车程，脚就软了。

且当是一次朝圣吧！既来则安，就在寺院中安住一夜，享受这难得的夏日的清闲。

自然的法则是
施利万物而不伤害
圣人的法则是
实践而没有企图的心

"飘风不终朝,骤雨不终日,孰为此者?天地。天地尚不能久,而况于人乎?"——天地都尚且不能永久恒常,何况是人的遭遇啊!

夜里,住在埔里的山中,继续来诵我的《老子》。

上善若水。

水善利万物而不争。

处众人之所恶,故几于道。

天下之至柔,驰骋天下之至坚。

譬道之在天下,犹川谷之于江海。

上善的人要像水一样啊!水善于利天下的万物而不与万物相争,能处在众人厌恶的低下之处,所以和道最接近。天下最柔软的事物却可以在最坚强的东西中奔行无阻。道存在于天下,就像江海永远容受着山谷的水呀!

山中夜雨,雨势可真不小,我们总是在有限的生命中奔驰,想要去完成一点儿什么、实践一点儿什么,但谁知道愈是去完成、去实践,愈是感受到生命的有限与束缚呢?

为了演讲,到一个地方是很好的,那是生命的实践。

为了演讲,到某一个地方,演讲取消了,也是很好的,那也是生命的实践。

所有的实践都只是一个连着一个的过程,是永无终止的。

《老子》的最后一章说:

> 圣人不积,既以为人已愈有。
> 既以与人已愈多。
> 天之道,利而不害。
> 圣人之道,为而不争。

我们并不积存什么,因为愈是奉献于人,自己愈富有,给别人愈多,自己拥有的愈多。自然的法则是施利万物而不伤害,圣人的法则是实践而没有企图的心。

生命之流确实像水,流过高山与河谷,流过沧桑与砾石,一站一站地奔向江海,在每一个因缘与相会中流过,不必积存;在每一次飘风与骤雨里流过,不必驻留。

生而不有,为而不恃,功成而弗居,夫唯弗居,是以不去!

失恋之必要

为了爱,
失恋是必要的;
为了光明,
黑暗是必要的。

这些年来,我时常思考到爱与恨的问题,因此收到你的来信感到特别心惊,你说到连续谈了三场恋爱,被三个不同的男人抛弃,感受到每一次谈恋爱的感觉愈来愈淡薄,每一次被抛弃则愈来愈恨。

第一次失恋,你的感受是:真恨!真想报复他!

第二次,你更进一步谈到:我一定要想办法报复!

第三次的时候,你的心喷出这样的火焰:我要杀死他!

读了你的信,使我在夜暗的庭院中再三徘徊,抬头看着远天的星星，月光如洗，呀！这世界原是这样的美好，为什么人的心中要充满恨意呢？由于怀恨，我们的心眼昏眠，就看不见世间一切的好，自然也看不到自己在这里面的角色了。

我们时常谈到爱恨，但很少人去深思爱恨的问题，我现在用佛经的观点来看看爱恨，在南传的《法句经》里，把爱分成四个转变，也就是四个层次：

亲爱——对他人的友情。

欲乐——对某一特定对象的爱情。

爱欲——建立于性关系的情爱。

渴爱——因过分执着以至于痴病的爱情。

这四个层次逐渐加深，也就逐渐产生了苦恼，因此经上说了一首偈：

> 从爱生忧患，从爱生怖畏；
> 离爱无忧患，何处有怖畏？

苦恼生出恐惧，恐惧生出悲哀，悲哀再转为嗔恨，其实如果往前追溯，爱与恨是同一根源，好像手心与手背一样，所以佛陀说："爱可生爱，亦可生憎；憎能生憎，亦能生爱。"

什么是恨呢？经典里把忿恨连在一起，说它们是五种障道的力量，也是十种小随烦恼的两种：忿，恨之意，对有情、非情产生愤怒之心。恨，于忿所缘之事，数数寻思，结怨不舍。五种障道之力是欺、怠、嗔、恨、怨，欺能障信，怠能障进，嗔能障念，恨能障定，怨能障慧。

那么，像忿、恨、恼、嫉、害则是以嗔为体，嗔与贪、痴合称为"三毒"，贪与痴加起来产生嗔，所以嗔是心的最大障碍，在《大智度论》里说："嗔恚其咎最深，三毒之中，无重此者；九十八使中，此为最坚；诸心病中，第一难治。"

好了，现在我们知道爱欲与嗔恨的本质是相通的，我们可以来思考一些有趣的问题，一是爱虽然会转为恨，却不一定会转为恨，也可以说，失恋会使一些人意志消沉、忿恨难平，却也能使另外一些人更懂得去爱，开发更广大的胸怀，不幸的，你是属于前者。二是爱恨虽能束缚我们，它只是心的感受，犹如波浪之于大海，其中并没有实体，是缘起缘灭罢了，可叹的是，大部分人不能随缘，反而缘起即住，爱的时候陷溺在爱里，恨的时候沉沦于恨中。

一般人在爱恨的时候很少有检验的精神，很少反观这情绪的变化，因此就难以革新与创发。久而久之，爱恨遂成为一种模式。

"由爱生恨"是最固定的模式，我们从小就被教育了这种模式，我们在电视、小说、电影里学习到这种模式，在亲戚朋友身上感染这种模式，反映到真实生活里，我们在爱情失败时，随之而起的便是恨，没有一个例外，我把这种叫作"模式反应"，那有点儿像蚊子从我们眼前飞过，它不一定会伤害我们，但我们会下意识地举手去扑杀它一样。

如果不是"模式反应"，为什么千百万人失去爱的时候都反射出恨呢？那是不是人性的真实呢？我有一个朋友说过，欧洲人与美国人失恋，所带来的恨意就比中国人或日本人淡薄得多，大部分西方人在失恋中、离婚之后都能与从前的伴侣做朋友，那是他们的模式反应没有像我们一样。

为什么我要和大部分人一样，失恋就憎恨呢？可不可以做一个卓然的人，失恋也不恨呢？

失恋的恨，那是由于两个原因：一是认为失恋是坏事，二是我们沉沦于过去的觉受。

我曾经在笔记上写了两句话："为了爱，失恋是必要的；为了光明，黑暗是必要的。"

那就好像，如果我们不饥饿，就无法真正享受食物；如果我们不生病，就不知道健康的可贵；如果我们不年老，青春对我们就没有意义；如果我们要种莲花，没有烂泥巴是不行的……

失恋不是坏事，春天过了就是夏天，秋天过了就是冬天，这是必然的过程，我们热爱春秋，但并不能阻挡火热与寒冷的来临，我们热爱莲花、玫瑰、金盏花、紫丁香，但我们不能使它不凋零。

我们不喜欢凋零，然而，凋零是一种必然。

过去不能让它过去，未来不愿等待未来是人生最大的悲剧，其实，再怎么好的恋爱，每天都是不同的，我们甚至无法维持对一个人的爱，从早上到晚上都保有同一品质。也就是说，再好的爱都会失去，会成为过去式。

我们之所以为失恋烦恼，是因为我们不愿面对此刻、融入此刻，老是沉湎于过去。可叹的是沉湎于过去的人会失去生的乐趣、失去发现的乐趣、失去创造的可能、失去爱的能力。如果我们愿意走出来，就会发现就在此刻、就在门外，就有许多值得爱的人、许多值得爱的事物。

当然，不只是许多人值得爱，也有许多人等着爱我，只是我关在过去的枷锁里，他们没有机会来爱我吧！我要得到更好、更珍贵、更真实的爱，首先是使我的心得到自由。

看你满腹烦恼、满脸忿恨、满脑子报复之思，就是有这世界上最好的对象，也会被你错过了呀！

让我们一起来做一些创造性的工作，每天清晨起来，把昨天的爱恨全部放下，从零出发，对着镜子好好展现一个最美的笑吧！然后梳妆打扫（从心里的庄严开始），把自己最好的、最有魅力的那一面提起来，挺胸抬头走出门外，那才是今天的你、此刻的你，既然你认为自己是善良而美丽的，为什么不把善良和美丽表现出来呢？

如果是我，使我动心的异性，是那些有生机、有活力，能微笑走在风里的人,而不是怀忧丧志,满腹忿恨的人呀!

　　我说的这些都不是空话,而是我自己的体验,是我的开发与创造,说来你也许难以相信,我很感激那些从前抛弃过我的人,如果没有她们,就不会造就今天的我呀!

　　那些没有经过监狱的悲惨的人,不会懂得外面的世界是多么值得欢喜与感恩,你现在知道心灵监狱的悲惨,一旦你走了出来,就可以知道生命确是值得欢舞和庆祝的。

　　不是哭了,不要恨了,当你停止哭泣与怀恨的那一刻,我在你的脸上看到春天的光辉,那时,你是多么美,像一朵金盏花在清晨的阳光下温柔地开放。

　　虽然我没有见过你,但我真的看见了你转化恨意之后,脸上流转的光辉。

一　朝

十二岁的时候,第一次看《红楼梦》似懂非懂,读到林黛玉葬花的那一段,以及她的《葬花吟》,里面有这样几句:

> 尔今死去侬收葬,未卜侬身何日丧?
> 侬今葬花人笑痴,他年葬侬知是谁?
> 试看春残花渐落,便是红颜老死时。
> 一朝春尽红颜老,花落人亡两不知!

那是我第一次感受到落花也会令人忧伤,而人对落花也像待人一样,有深刻的情感。那时当然不知道林黛玉的自伤之情胜过于花朵的对待,但当时也起了一点儿疑情,觉得林黛玉未免小题大做,花落了就是落了,有什么值得那样感伤,少年的我正是"侬今葬花人笑痴"

那个笑她的人。

　　我会感到葬花好笑是有背景的，那时候父亲为了增加家用，在田里种了一亩玫瑰，因为农会的人告诉他，一定有那么一天，一朵玫瑰的价钱可以抵上一斤米。可惜父亲一直没有赶上一朵玫瑰一斤米的好时机，二十几年前的台湾乡下，根本不会有人神经到去买玫瑰来插。父亲的玫瑰是种得不错，却完全滞销，弄到最后懒得去采收了，一时也想不出改种什么，玫瑰田就荒置在那里。

　　我们时常跑到玫瑰田去玩，每天玫瑰花瓣黄的、红的、白的落了一地，用竹扫把一扫就是一簸箕，到后来大家都把扫玫瑰田当成苦差事，扫好之后顺手倒入田边的旗尾溪，千红万紫的玫瑰花瓣霎时铺满河面，往下游流去，偶尔我也能感受到玫瑰飘逝的忧伤之美，却绝对不会痴到去葬花。

　　不只玫瑰是大片大片地落，在我们山上，春天到秋天，坡上都盛开着野百合、野姜花、月桃花、美人蕉，有时连相思树上都是一片白茫茫，风吹来了，花就不计其数地纷飞起来。山上的孩子看见落花流水，想的都是节气的改变，有时候压根儿不会想到花，更别说为花伤情了。

　　我只有一次为花伤心的经验。那是有一年父亲种的竹子突然有十几丛开花了，竹子开花真漂亮，细致的、金黄色的，像满天星那样怒放出来。父亲告诉我们，竹子一开花就是寿限到了，花朵盛放之后，就会干枯、死去；而且通常同一株育种的竹子会同时开花，母亲和孩子会同时结束生命。那时候我在竹子枯死的那一阵子,总会无端地落下泪来,不过,在父亲插下新枝后,我的伤心也就一扫而空了。

多几次感受到竹子开花这样的经验,就比较知道林黛玉不是神经,只是感受比常人敏锐罢了,也就慢慢能感受到那种借物抒情、反观自己的情怀

> 昨宵庭处悲歌发,知是花魂与鸟魂?
> 花魂鸟魂总难留,鸟自无言花自羞。
> 愿侬此日生双翼,随花飞到天尽头。
> 天尽头,何处有香丘?
> 未若锦囊收艳骨,一抔净土掩风流,
> 质本洁来还洁去,强于污淖陷渠沟。

长大一点儿,我更知道了连花草树木都与人有情感、有因缘,为花草树木伤春悲秋,欢喜或忧伤是极自然的事,能在欢喜或悲伤时,对境有所体会观照,正是一种觉悟。

最近又重读了《红楼梦》,就体会到了花草原是法身之内,一朵花的兴谢与一个人的成功失败没有两样,人如果不能回到自我,做更高智慧之追求,使自己明净而了知自然的变迁,有一天也会像一朵花一样在无知中凋谢了。

同时，看一片花瓣的飘落，可以让我们更深地感知无常，正如贾宝玉在山坡上听见黛玉的《葬花吟》"不觉恸倒山坡上，怀里兜的落花撒了一地"。那是他想到黛玉的花容月貌终有无可寻觅之时，又推想到宝钗、香菱、袭人亦会有无可寻觅之时，当这些人都无可寻觅，自己又安在呢？自身既不知何在何往，将来斯处、斯园、斯花、斯柳，又不知当属谁姓！

看看这种无常感，怎么能不恸倒在山坡上？我觉得，整部《红楼梦》就在表达"人生如梦"四字，这是一种无可如何的无常，只是借黛玉葬花来说，使我们看到了无常的焦点。《红楼梦》还有一支曲子，我非常喜欢，说的正是无常：

"为官的，家业凋零；富贵的，金银散尽；有恩的，死里逃生；无情的，分明报应。欠命的，命已还；欠泪的，泪已尽；冤冤相报自非轻，分离聚合皆前定，欲知命短问前生，老来富贵也真侥幸。看破的，遁入空门；痴迷的，枉送了性命；好一似，食尽鸟投林，落了片白茫茫大地真干净。"

从落花而知大地有情，这是体会；从葬花而知无常苦空，这是觉悟；从觉悟中知道万法不可得，应该善自珍摄，不要空来人间一回，这就是最初步的菩提了。读《红楼梦》不也能使我们理解到青原惟信

禅师说的过程吗?

三十年前见山是山,见水是水。及后亲见亲知,有个入处,见山不是山,见水不是水。如今得个休歇处,依旧见山只是山,见水只是水

相传从前有一个老僧,经卷案头摆了一部《红楼梦》,一位居士去拜见他,感到十分惊异,问他:"和尚也喜欢这个?"

老僧从容地说:"老僧凭此入道。"

这虽是传说,但也不无道理,能悟道的,黄花翠竹、吃饭睡觉、瓦罐瓶勺都会悟道了,何况是《红楼梦》!

虽然《红楼梦》和"悟道"没有必然关系,但只要时时保有菩提之心,保有反观的觉性,就能看出在言情之外言志的那一部分,也可以看到隐在小儿女情意背后那广大的空间。

知悉了大地有情,觉悟了无常苦空,体会了山水的真实,保有了清明的菩提,我们如何继续前行呢?正是"一朝春尽红颜老"的那个"一朝",是"万古长空,一朝风月"的"一朝",是知道"放弃今日就没有来日,不惜今生就没有来生"!是"此身不向今生度,更待何生度此身"!是"当下即是"!是"人圆即成佛"!

那么就在每一个"一朝"中保有菩提,心田常开智慧之花,否则,像竹子一样要等到临终才知道盛放,就来不及了。

不紧急却重要的事

与朋友约好清晨一起去爬山，下山后到家里喝茶。

清晨出发前，突然接到他的电话："因为公司里有紧急的事，无法一起去爬山了。"

我只好像往常一样，单独去爬山。在最山顶处的石头上坐定，看到台北东区的滚滚红尘，即使是清晨，在街头奔驰的汽车已经像接龙一样拥挤，从山上看起来，就像蝼蚁出洞。

这一群群的人、一排排的汽车，想必都是为了紧急的事在奔赴的吧！相较起来，像登山、喝茶这些事，真的是太不紧急了。

我们为了太多紧急的事，只好牺牲看来不甚紧急的事，例如为了加班，牺牲应有的睡眠；为了业绩，牺牲吃饭时间；为了应酬，不能陪妻子散步；为了谋取职位，不能与朋友喝茶。

确实，紧急的事不能不做，奈何人生里紧急的事无穷无尽，我

们的一生大半在紧急的应付中度过,到最后整个生活步调都变得很紧急了。

生命中有许多非常重要,却一点儿也不紧急的事。

像每天放松地静心,从容地冥想。
像愉快地吃一顿饭,品尝茶的芳香。
像在山林海边散步,欣赏山色与云的变化。
像听雨听泉听音乐,读人读爱读闲书。
像陪父母谈昔日温馨的往事,听孩子说童稚的笑话。
……

重要的事很多是说之不尽,却被紧急的事挤掉了空间,生命的空间有限,当全被紧急占满时,就像是一个停满了汽车却没有绿地的城市。

绿地是重要的,汽车是紧急的。
大树是重要的,大楼是紧急的。
白云是重要的,飞机是紧急的。
知足是重要的,欲望是紧急的。
宽心是重要的,医院是紧急的。

……

一个人如果在一天里花八个小时在追逐衣食与俗事上,是不是也能花八十分钟来思考重要的事呢?如若不行,就从八分钟开始。

八分钟的觉悟、八分钟的静心、八分钟的专注、八分钟的放松、八分钟的忘我、八分钟的天人合一、八分钟的守真抱朴。

生命必会从这八分钟改变,每天的生活也就从容而有情趣了。

沙漠中的旗杆

楼兰，是中国西北方一个最神秘的国度。

因为它在汉朝以前，就发展出非常伟大的文明，它介于中国与大宛国之间，国力十分强盛，汉武帝派遣大使到大宛去，常常被楼兰挡道！甚至击杀，即使强悍如汉武帝对这个远在边塞的强国也无可奈何。

这样一个武功文治都强大的国家，它的地点在今天新疆的东南戈壁，一直到隋唐的历史都还记载楼兰的种种。可是有一天，楼兰国却完全在沙漠消失，它消失的原因是被狂大的沙漠风暴所掩埋，它消失的时间却是一个历史的大谜题，只知道唐朝以后再也没有人见过楼兰古国了，对该国的文明也完全无知。

直到清朝光绪年间以后，探险家、考古家才开始挖掘出楼兰的废墟，并在其中找到铜器、陶片、用具、织物、雕刻木器、书简等遗物；

人们才知道，原来早在汉朝以前，楼兰是高度文明的国家，它的文明甚至不逊于中国。

不久前，大陆的考古队在楼兰遗址挖出一具震惊世界的女尸。这具女尸只是随便的埋在沙漠里，历经千余年却还保存完好，金黄色的头发还有光泽，脸部轮廓清晰，据说她的皮肤还有弹性，而胃部还有未消化完的食物。我们从这具女尸看出，楼兰国的种族连长相都和中国人不同。

这具女尸据考证的结果，发现她死时还非常年轻。她身上穿的衣服、头上戴的帽子十分讲究，有考古学家说，她可能还是个新娘……至于她是怎么死的，是在楼兰消失前死的，或是在楼兰国被黄沙埋没时刻一起消失了的生命，则不得而知。

我看过杂志报道的图片，也看过记录电影的楼兰女尸，当时曾令我相当悲哀。如果她真是一个新娘，却在新婚之夜，整个国家被沙土淹没，那是她在最黄金的年代里遇到最暗淡可怖的事件。可惜，楼兰国始终没有再发现别的完整尸体，当然也没有她的丈夫，我的悲哀只是个人的玄想罢了。

说到楼兰的玄想，由于它在中国历史的记载如谜一样开始，也如谜一样的消失，它乃成为近代武侠小说家经常玄想的题材。从武侠小说来的想象，楼兰国的男人总是挺拔而有超凡的武功，女人总是秀美而温顺，它的宫廷和中国一样，有雄伟的建筑，人人穿着华丽的盛服。

　　这也只是武侠作家心中的楼兰,名武侠小说家古龙就在他的名作《楚留香》中有过惊人的抒情描写。至于真实的楼兰情况是无人能知的,连"楼兰新娘"都无法给我们一点儿回答。我想真正的楼兰可能没有小说中那样美的景况,却由于它的早夭,给我们留下无限的想象天地;也因为它身处大漠,它的消失确实给了我们一种悲壮的感情。

　　楼兰的影响不仅及于武侠小说家,一般民间也留下许多传说,这些传说使楼兰不至于完全消失于大漠,也成为它在人心中留下的证据。

　　近读陈斯英先生著的《西北万里行》一书,中间有一段关于楼兰的传说,极有趣味。陈先生是旅居迪化期间听到这个传说,而用生动的笔触将他记载了下来。

　　据说楼兰城内有一位外来的教师,由于为人仁慈慷慨,深为当地人敬重爱戴。有一天黄昏来了一位道士模样的老人,告诉他:"本城今夜将有大风来袭,你闻风声,应立即走出门外,到那根竖立在空地中央的旗杆前,闭上眼睛,环绕旗杆疾走,不可稍停,必须等到风止之后,才可睁开眼睛,千万记住。"老人说完话,便匆匆辞去。

　　到午夜时分,外面果然刮起强风,来势甚猛,声如雷鸣;他乃急速走出屋外,直奔旗杆前,绕着旗杆闭目疾走;但觉狂风挟着沙粒,一阵阵不断袭来,使他感到像在一片波涛中浮沉飘荡。

不知道过了多少时候，他因疲乏而不能疾走，幸好风势也减弱了，他举步维艰，终于昏倒过去。当阳光把他晒醒的时候，他发现自己躺在一片黄沙上，四野寂然，整个楼兰已消失无踪，只剩一片莽莽荒漠。

最初，他以为只是被狂风吹到另一个沙漠，及至发现身旁一根两三尺的木桩。原来是昨夜他绕着疾走的高达二三十尺的旗杆，他才相信楼兰国和所有人民已经和旗杆底部一起埋进流沙之中，他自己因为一直绕旗杆疾走，始终站在风沙上，致不被淹没。这个传说的结尾是，楼兰老师向库鲁克山脉走去，在途中的一处绿洲获救，才传出楼兰国灭亡的经过。

读完这个传说，令我掩卷长叹。一个强大的国家在大自然的威力下，它的存亡竟只在一夕之间，只留下一个凄凉的传奇故事，虽然这个传奇还是颇可置疑的。

我想起十六世纪荷兰，有一个城市叫安特威普（Antwerp），它最繁盛的时候，全市有七十八个屠夫、一百六十九个面包师，却有三百多个专业画家，是最兴盛的艺术之都；可是它也莫名其妙地消失了，只留下一个城的名字，和少数记载，连艺术都未能留下。可惜那些画家没有人能得仙人指示，也没有沙漠中的旗杆，未能幸存。

楼兰的传说，经过历史后有一种凄然的美，但也不能为楼兰证明什么，只证明它灭亡的快速。其实，不要说一个国家，一个时代，人在时空中的生命何其短促!

　　生命的路有时真像沙漠中无涯的黄沙,旗杆是沙漠中的理想,一个唯一可以凭借的事物;如果生命能绕着一个不动的理想疾走,终可以走出一条生路的吧!楼兰如谜,它留下的传奇,却给我这样新的启示。

人生的画幅

我去访问一位画家,他一向以"难产"著名,要很长时间才做出一幅画。他非常郑重地对我说:"我作画不像一般的画家,他们作画好像游戏一样,一天画好几张,我的态度是很严肃的,因为我觉得我诞生在这个世界是有使命的,我的存在是为了艺术。"

我去访问另一位画家,他一向以"快手"著称,有时一天作好几幅画,他非常轻松地对我说:"我作画不像一般的画家,他们画画好像便秘一样,画不出来就觉得自己的作品严肃,是呕心沥血之作。我觉得艺术是一种生命的游戏,是为人而存在的,是为了使人喜悦、使人放松、使人感受心灵之美。没有人,艺术就毫无价值。"

我又去访问一位艺术家,他说:"我想画就画,不为什么。艺术就像偶然的散步和工作。"

这个世界上,所有的事似乎都可以有很多完全不同的观点,然而,实践了什么才重要,观点反而是次要的。严肃难产的艺术家如果做出好作品,那是好的;轻松快速的艺术家如果做出好艺术,也是好的;"不为什么"的艺术家如果做出好艺术,也是好的。

我们时常因为观点的不同,在生命里执着、争辩、相持不下,因而减损了我们实践的力量和向前的志气。

我们在人生的画幅中,有时严肃,有时轻松,有时难产,有时快速,也有的时候完全在有意与无意之间。但不管背后的动机是什么,落笔时最好有饱满的色彩、明确的构图、有力的线条、理想的风格。

我在乎的不是怎么去画,我在乎的是画出了什么。就像沧浪之水,可以洗脸,可以洗脚,可以饮用,也可以冲洗污秽,但水只是水,在尽着宇宙一滴的责任。

我在乎的不是怎么去画
我在乎的是画出了什么

我要在人群里有独处的心
在独处时有人群的爱
我要云在青天水在瓶
那样的自由自在
并保有永久的清明

第三辑

云在青天
水在瓶

云在青天水在瓶　　　　情困与物困
写在水上的字　　　　　快乐的思想
重新生长的花草　　　　戏与梦
存在的理由　　　　　　蜜　事
拥　有　　　　　　　　不南飞的大雁

云在青天水在瓶

春日清晨,到山上去。

大树下的酢浆草长得格外的肥美,草茎有两尺长,淡紫色的花盛开,我轻轻地把草和花拈起,摘一大束,带回家洗净,放在白瓷盘中当早餐吃。

当我把这一盘酢浆草端到窗前,看到温和的春日朝阳斜斜落下,我深深地吸了一口气,仿佛闻到山间凄凉流动的露气,然后我慢慢地咀嚼酢浆草,品味它的小小的酸楚,感觉到能闲逸无事地吃着如此特别的早餐,是一种不可言说的幸福。

我看着用来盛装酢浆草的白瓷盘,它的造型和颜色都很特别,是平底的椭圆形,滚着一圈极细的蓝线;它不是纯白色的,而是带着古玉一样的质感。我一直对陶瓷有一种偏爱,最精致的瓷与最粗糙的陶,都能使我感动。最好是像我手中的白瓷盘,不是高级到需要供奉,而是可以拿到生活里来用；但它一点儿不粗俗，只是放着观赏，也觉得它超越了实用的范围。

如果要装一些有颜色的东西，我也喜欢用瓷器，因为瓷器会把颜色反射出来，使我感受到人间的颜色是多么的可贵。白色的瓷盘不仅仅是用来装食物，放上几个在河边小溪捡到的石头，那原本毫不起眼儿的石头，洗净了自有动人之美，那种美，使我觉得随手捡来的石头也可以像宝石一样，以庄严之姿来供养。

从手里的白瓷盘，我觉得我们生在这个世界，应该学习更多更深刻的谦卑与感恩。我们住的这个地方，不管任何季节走进树林去，就会发现到处充满了勃勃生机，草木吸收露珠、承受阳光，努力地生长；花朵握紧拳头，在风中奋斗，然后伸展开放；蝉在地底长期地蛰伏，用几年漫长的爬行，才能在枝头短暂悠扬地歌唱。

不管是什么生命，它们都有动人的颜色，即使是有毒的蛇、蜘蛛，如果我们懂得去欣赏，就会看见它们的颜色是多么活泼，使我感到生命的伟大力量。

抬起头来，看到云天浩淼，才感到我们住的地球是多么的渺小，地球上的每一个生命是多么的渺若微尘，在白色、红色、蓝色的星星的照耀下，我们行过的原野是何其卑微。幸而，这世界有这么丰富的颜色，有如此繁茂的生命，使我们虽渺小也是可以具足，虽卑微而不失庄严。我们之所以无畏，是因为我们可以把生命带进我们的心窗，

我们之所以无畏
是因为我们可以
把生命带进我们的心窗
让阳光进入我们的心灵
洗涤我们身心的尘埃
让雨水落入杂乱的思绪
使我们澄明如云

让阳光进入我们的心灵，洗涤我们身心的尘埃；让雨水落入杂乱的思绪，使我们澄明如云。

我觉得人可以勇迈雄健，那是因为人并不独立生活在世界的生命之外，每一个人是一个自足的世界，而世界是一个人的圆满。自性的开启，不是走离世界，而是进入宇宙之心。我愿学习白瓷盘，收敛自己的美来衬托一切放在盘上的颜色，并在这些颜色过后再恢复自己的洁白。就好像生命的历程里，一切生活经验都使它趋向美好，但不沉溺这种美好。

我要学习一种介于精致与朴素的风格，虽精致而不离开生活，不要住在有玻璃框的房子里；虽朴素但使自己无瑕，使摆放的地方都焕发光辉。我要学习一种光耀包容的态度，来承受喜乐或痛苦的撞击，使最平凡的东西，一放在白瓷盘上，都成为宝贵的珍品。

佛教经典常常把人喻成一个"宝瓶"，在我们的宝瓶里装着最珍贵的宝物，可惜的是人却不能看见自己瓶里的宝物，反而去追逐外在的事物。我们的宝瓶里有着最清明的空性与最柔软的菩提，只可惜被妄想和执着的瓶塞盖住了，既不能让自性进入法界，也不能让法界的动静流入我们的内在。

我们的宝瓶本是与佛一样的珍贵，可惜长久以来都装了一些污浊的东西，使我们早已忘记了宝瓶的本来面目。不知道当我们回到清净的面貌，一切事物放进来都会显得珍贵无比。

打开我们妄想和执着的瓶盖,这是悟!使生活的一切都珍贵无比,这是悟后的世界!试着把瓶里的东西放下,体验一下瓶里瓶外的空气,原来是相同的,这是空性!

因此,我不只要学习做白瓷盘来衬托人间事物的颜色,我更要学习做宝瓶,即使空无一物,也能在虚空中流动香气,并释放出内在的音乐。我要在人群里有独处的心,在独处时有人群的爱,我要云在青天水在瓶,那样的自由自在并保有永久的清明。

写在水上的字

生命的历程就像是写在水上的字,顺流而下,想回头寻找的时候总是失去了痕迹。因为在水上写字,无论多么费力,那字都不能永恒,甚至是不能成形的。

因此,如果我们企图要停驻在过去的快乐里,那真是自寻烦恼,而我们不时从记忆中想起苦难,反而使苦难加倍。生命历程中的快乐和痛苦,欢欣和悲叹只是写在水上的字,一定会在时光里流走。

就像无常的存在是没有实体的。

实体的感受只是因缘的聚合,如同水与字一般。

身如流水,日夜不停流去,使人在闪灭中老去。

心也如流水,没有片刻静止,使人在散乱中迷茫地活着。

身心俱幻,正如在流水上写字,第二笔未写,第一笔就流到远方。

爱,也是流水上写字,当我们说爱的时候,爱之念已流到远处。

美丽的爱是写在水上的诗，平凡的爱是写在水上的公文，爱的誓言是流水上偶尔飘过的枯叶，落下时，总是无声地流走。

身心无不迁灭，爱欲岂有常驻之理？

既然生活在水上，且让我们顺着水的因缘自然地流下去。看见花开，知道是花的因缘具足了，花朵才得以绽放；看见落叶，知道是落叶的因缘具足了，树叶才会掉下。在一群陌生人之中，我们总是会遇见那些有缘的人，等到缘尽了，我们就会如梦一样忘记他的名字和面孔，他也如写在水上的一个字，在因缘中散灭了。

我们生活着为什么会感觉到恐惧、惊怖、忧伤与苦恼？那是由于我们只注视写下的字句，却忘记字是写在一条源源不断的水上。水上的草木一一排列，它们互相并不顾望，顺势流去。人的痛苦是前面的浮草思念着后面的浮木，后面的水泡又想看看前面的浮沤。只要我们认清字是写在水上，就能够心无挂碍，无有恐怖，远离颠倒梦想。

不能认清生命的历程是写在水上的字的人，是以迷心来看世界，世界就会变成一张网。挑起一个网目，就罩在千百个网目的痛苦中。

认清了万法如水，万事万物是因缘偶然的聚合，这是以慧心来观世界，世界就与自己的身心同时清净，冲破因缘之网而步上菩提之道。

在汹涌的波涛与急速的漩涡中，顺流而下的人，是不是偶尔抬起头来，发现自己原是水上的一个字呢？

这种发现，是觉悟的开始，是菩提的尖牙。

重新生长的花草

出了一趟远门回来,才知道台北很久没有下雨,使我种在阳台上的花草枯萎了大半。

"好可惜呀!爸爸!你种的花草都死了。"儿子说。

我把植物的茎折一节来看,对儿子说:"这茎中还有水分,只是枯萎,还没死哩!"

于是,我像平常一样,每天晨昏为花草浇水一次,一星期后枯萎的花草开始抽芽,三个星期之后,已经绿意盎然了。

这时我才把枯萎的枝叶剪除,使得院子里的花草比原来的还要青翠。

我和孩子一起浇水的时候,告诉他:"在太阳暴热、环境不好、没有雨水滋润的时候,我们也要学习花草,休养生息,保持生机。"

在顺境之时,要使生活有风采。

在逆境之时,要不散乱,保持静心。

存在的理由

每到一个地方,我总会捡一些当地的石头回来做纪念,有些朋友无法理解,会问我:"石头究竟有什么价值呢?"

"石头并没有真正的价值,它是一个地方最好的纪念,是金钱也不能买到的。"我说。

在我们的世界,所有的事物都有存在的理由,一个石头、一朵野花、一株小草都是在诉说自己的价值,只是有缘的人才能看见罢了。

一个黑色的石头可能比一张鲜红的缎子更明亮。

一件母亲缝制的粗布衣裳,却比闪闪发亮的新衣更温暖。

一棵林间的小树,有时比娇贵的兰花更令人动容。

甚至连每个人都有存在的理由吧!有些为爱存在,有些为学习存在,有些为生命的美好而存在。

只有一个人确定了自我存在的理由,才可能成为更自信、更深情、更温柔的人。

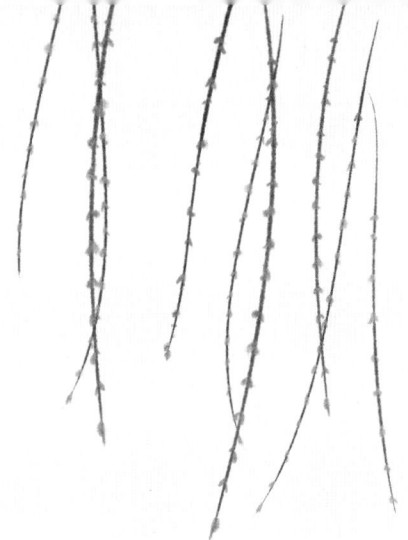

我们是入世的凡夫
难以直趋其境
但我们可以训练一种拥有
就是在心灵上拥有
不在物欲上拥有

拥 有

星云大师退位的时候,许多人都为他离开佛光山而感到惋惜,他说了一段非常有智慧的话,他说:

"佛光山如果要说是属于我的,就是属于我的。因为大自然的一切,小如花草清风,大到山河大地,如果你认为是你的,它就是你的了。

"佛光山,如果要说不是属于我的,就不是属于我的。因为不要说佛光山这么大的园林,不能为个人拥有,即使是自己的身体也不是自己所拥有的。"

这两段话很有智慧,是由于大师真正彻悟地照见了人生的本质,人具有两种本质,一种是极为壮大开阔的,一种又是极端的渺小和卑微。在心念广大的时候,我们可以欣赏一切、涵容一切,可是比照起我们所能欣赏与涵容的事物,我们又显得太渺小了。

明了了这一层,一个人对事物的拥有是应该重新来认识的。我们常在心里想着:"这是我的房子,这是我的车子,这是我的土地,这是我的财产……这个是我的,那个也是我的。"因为我们拥有了太多的东西,所以害怕失去,害怕失去才是痛苦的根源,此所以有了拥有,就有了负担,就不能自在。

到了年老体衰,即使拥有许多东西,但不能享用,也就算失去了;最后两手一摊,不管什么宝贝的东西也握不住了。

在佛经里,所有娑婆世界的一切,都不是用来拥有的,而是用来舍的,一个人舍得下一切则是真正壮大,无牵无挂;一个人拥有一切正是沉沦苦痛的泉源。

我们是入世的凡夫,难以直趋其境,但我们可以训练一种拥有,就是在心灵上拥有,不在物欲上拥有;在精神上对一切好的东西能欣赏、能奉献、能爱,而不必把好的事物收藏成为自己专有。能如此,则能免于物欲上的奔逐,免于对事物的执迷,那么人生犹如宽袍大袖,清风飘飘,何忧之有?

清末才子王国维曾在《红楼梦评论》中说:"濠上之鱼,庄、惠之所乐也,而渔父袭之以网罟;舞雩之木,孔、曾之所憩也,而樵者继之以斤斧。若物非有形,心无所住,则虽殉财之夫,贵私之子,宁有对曹霸、韩干之马,而计驰骋之乐,见毕宏、韦偃之松,而思栋梁之用,求好逑于雅典之偶,思税驾于金字之塔者哉?"

说得真是好极了！当人看到鱼只想到吃，看到树就想要砍，看到大画家画的马也想骑，画的松树只想到盖房子……那么这些人就永远不能拥有鱼的优游、树的雄伟、马的俊逸、松的高奇种种之美，则其所欲弥多，随之苦痛弥甚，还能体会什么真实的快乐呢？

情困与物困

我的一个朋友,爱玉成痴。

他不管在何时何地见到一块好玉,总是想尽办法据为己有,偏偏他又不是很富有的人,因此在收藏玉的过程中,吃了许多苦头,有时到了节衣缩食、三餐不继的地步。

有一回,他在一个古董商那里见到了一个白玉狮子,据说是汉朝的,不论玉质、雕工,全是第一流的。我的朋友爱不忍释,工作也不太做了,每天都跑去看那块玉,看到眼睛都发出了红火,人被一团火炙热地燃烧。

他要买那块玉,古董店的老板却不卖,几经折腾,最后,我的朋友牺牲了他所居住的房子,才买下了那个白玉狮子,租住在一个廉价的住宅区内。

他天天抱着白玉狮子睡觉,出门时也携带着,一遇到人就拿出来欣赏，自己单独的时候，也常常抚摩那座洁白的狮子发呆。除了这座狮子，他身上总随时携带着他最心爱的几件收藏，有时候感觉到一个男子，从口袋里、腰带间、皮包内随时掏出几块玉来，真是不可思议的事。

他玩玉到了疯狂的地步，由于愈玩愈精，就更发现好玉之难求，因为好玉难求，所以投入了全部的家当，幸好他是个单身汉，否则连老婆也会被他当了。到最后，他房子也卖了，车子也没了，工作也丢了，为什么丢掉工作呢？说来简单："我要工作三年，才能买一件上好的玉，这样的工作不做也罢了。"

朋友成为家徒四壁的人，每天陪伴他的只有玉了。后来不成了，因为玉不能吃、不能穿，只好把他最心爱的玉里等级比较差的卖给别人，每卖一件就落一次泪，说："我买的时候是几倍的价钱，现在这么便宜让给别人，别人还嫌贵。"

有一次，他租房子的房东逼着要房租，逼得急了，他一时也找不到钱，就把白玉狮子拿了出来，说："这块玉非常的名贵，先押在你这里，等我筹足了房钱，再把它赎回来。"可惜他的房东是个老粗，对他说："俺要你这臭石头干什么！万一不小心打破了，还嫌烦呢！你明天找房钱来，不然我把你丢出去！"

朋友对我讲这个故事的时候，泣不成声。在痴爱者眼中的白玉狮子是无可比拟的，可以用房子去换取，然而在平常百姓的眼中，它再名贵，也只是一块石头。

有一次我在故宫博物院看玉的展览，正好遇到了乡下的一个旅行团，几个乡下的欧巴桑看玉看得饶有兴趣，我凑过去，发现他们正围着那个最有名的国宝"翠玉白菜"观看，以下是他们对话的传真：

"哇！真巧，雕的和真的一模一样，上面还有一只蚱猴呢！"

"这个刻得那么像，一个大概是值好几千块吧！"

一位看起来是权威人士的欧巴桑说："你嘛好了，不识字又兼不卫生，什么好几千，这一个一定要好几万才买得到！"

我把这个故事说给朋友听，他因此破涕为笑，我说："你看故宫博物院的好玉何止千万块，尤其是小品珍玩的部分，看起来就知道曾有一位爱玉的人在上面花下无数的心血，可是他死的时候不能带走一块玉，我们现在看那些玉也不知道它曾经有过多少主人，对于玉，能够欣赏的人就算拥有了，何必一定要抱在手里呢？佛经里说：'智者金石同一观'就是这个道理。"

"爱玉固然是最清雅的嗜好，但一个人爱玉成痴，和玩股票不能自拔，和沉迷于逸乐又有什么不同呢？"

朋友后来彻底地觉悟，仍然喜欢着玉，却不再被玉所困，只是有时他拿出随身的几块玉还会感慨起来。

物固然是足以困人，情更比物要厉害百倍。对于情的执迷，为情所困，就叫"痴"，痴是人世间的三毒之一（另外两毒是贪与嗔），情困到了深处，则三毒俱现，先是痴迷，而后贪爱，最后是嗔恨以终。则情困是一切烦恼的根源，没有比这个更厉害的了。

被情爱所系缚，被情爱所茧结，被情爱所迷惑，被情爱所执染，几乎是人间不可避免的，但当情爱已经消失的时候，自己还系缚茧结自己，自己还迷惑执着自己，这就是真正的情困。

有一次我遇到一位中年妇女，她的朋友都已经儿女成群，可是她没有结婚，没有结婚的理由很简单，因为她忘不了二十年前的一段初恋。

她的初恋有什么不凡吗？为何她不能忘却？其实也没有，只是一个少男一个少女在学校里互相认识了，发誓要长相厮守，最后这个男的离开了，少女独自过着孤单的心灵生活，一过就是二十年。

这么普通的故事，她也说得眼泪涟涟，接着她说："不过，这些都已经是过去的事了。"

我说："在时间上，你的故事已经过去了，实际上一点儿也没有过去，因为你的心灵还被困居在里面。到什么时候才算过去呢？就是你想起来的时候，充满了包容和宽谅，并且不为它所烦恼，那才是真正过去了。"

"做得到吗？"

"做得到的，在这个世界上为情所沉溺的人固然很多，但从沉溺中走到光明的岸上的人也不少。因为他们救拔了自己，不为情所困。"

第一流的人物
不在于拥有多少物
拥有多少情
而在于能不能在旧物里
找到新的启示
能不能在旧情里
找到新的智慧
进出无碍

我把情说成是沉溺，把救拔说成走到光明的河岸，是有道理的。我们在祝福一对新人时，最常用的一句话是"永浴爱河"。

"爱河"的譬喻出自《华严经》，《华严经》上说："随生死流，入大爱河。"为什么说是爱河呢？由于爱欲和河一样具有三种特性：一种是容易使人沉溺，不易自拔。第二种是爱欲的心就像河水一样，能浸染入最深的地方，例如我们用铁锤击石，石头会碎裂，但不能击碎每一个分子，可是如果我们把石头丢入河里浸染，它可以湿濡石头上的任何一个分子，年深日久甚至把它分解成粉末。第三种是难以渡越，不管是贩夫走卒，王公将相，都无法一步跨过河的对岸，同样的，要一步从爱的束缚中走过也非常的不易。

我想起《杂阿含经》里记载的一个故事：有一次释迦牟尼对弟子说法，他问他们："你们认为是天下四个大海的水多，还是在过去遥远的日子里，因为和亲爱的人别离所流的眼泪多呢？"

释迦牟尼的意思是，从遥远的过去，一生而再生的轮回里，在人无数次的生涯中，都会遇到无数次离别的时刻，而留下数不尽的眼泪，比起来，究竟是四大海的海水多，还是人的眼泪多呢？

弟子回答道："我们常听见师尊的教化，所以知道，四个大海水量的总和，一定比不上在遥远的日子里，在无数次的生涯中，人为所爱者离别而留下的眼泪多。"

释迦牟尼非常高兴地称赞了他的弟子之后说："在遥远的过去中，

在无数次的生涯中，一定反复不知多少次遇到过父母的死，那些眼泪累积起来，正不知有多少！在遥远的无数次生涯中，反复不知多少次遇到孩子的死，或者遇到朋友的死啊！或者遇到亲属的死啊！在每一个为所爱者的生离死别含悲而所流的眼泪，纵使以四个大海的海水，也不能相比啊！"

这是多么可叹可悲，人因为情苦与情困，不知道流下多少宝贵的泪珠，情困如此，物困亦足以令人落泪，束缚在情与物中的人固然处境堪怜，究竟不能算是第一流人物。什么是第一流人物呢？古人说："岭上多白云，只可自怡悦，不堪持赠君，自是第一流人物。"

第一流的人物看白云虽是至美，却不想拥有，只想心领神会，这是多么高的境界。当我们知道其实在今生今世，情如白云过隙，物则是梦幻泡影，那么还有什么可以抱老以终的呢？

第一流人物犹如一株香花，我们不能说这株花是花瓣香，也不能说是花茎香；我们不能说是花蕊香，也不能说是花粉香；当然不能说是花根香，也不能说是花叶香……因为花是一个整体，当我们说花香时，是整株花的香。困于情物的人，往往只见到自己的那一株花里一小部分的香，忘失了那株花，到后来失去了自己，因此，这样的人不能说是第一流的人物。

第一流的人物，不在于拥有多少物、拥有多少情，而在于能不能在旧物里找到新的启示，能不能在旧情里找到新的智慧，进出无碍。

万一不幸我们正在困局里,那么想一想:如果我是一只蛹,即使我的茧是由黄金打造的,又有什么用呢?如果我是一只蝶,身上色彩缤纷,可以自在地飞翔,则即使在野地的花间,也能够快乐地生活,又哪里在乎小小的茧呢?

可叹的是,大多数人舍不得咬破那个茧,所以永远见不到真正的自我、真正的天空。

快乐的思想

有个流浪者来到一座城市,遇到了守城的人,流浪者告诉守城的人,他离开了家乡,想搬到这座城市来。

"这是个怎样的城市呢?"流浪者问。

"你的家乡是一个怎样的城市呢?"守城的人反问他。

"那是个糟透了的烂地方,政府腐败,人民互相仇视,很多人失业。"流浪者愤愤地说。

"你会发现这个城市和你的家乡没有两样。"守城的人说。

流浪者听了,掉头而去。

过了些时候,又有一个人提着箱子要进城。

"这是个怎样的城市呢?"那人问道。

"你来自怎样的城市呢?"守城的人反问他。

"喔!那是个可爱的地方。"打算进城的人说,"政府勤政爱民,百姓温和友善，只可惜因为工作的关系，我必须搬到这儿来。"

"你会发现这个城市也一样。"守城的人答道。

那人于是高高兴兴地进城去了。

我坐在溪边读到这个故事，忍不住笑了，正像这个故事一样，我们的思想正是决定我们一生的最重要关键。当我抬起头来，看到清澈的溪流潺潺流过，溪两岸的树木青翠碧绿，感觉到台湾乡间的景致多么宜人，我多么感恩能生长在这样润泽秀丽的地方。

这次回乡度暑假，随手带了几本在书架放了很久、没有时间看的书回来，一本是露易丝·海的《生命的重建》，一本是《如莲的喜悦》，一本是艾伦·科恩的《智慧的河流》。

每天，或者是带孩子到鼓山顶上游戏，或者到美浓的双溪玩水，我就随身带几本书到山上或溪边去阅读，那种心情非常愉悦而优美，读这几本书却仿佛与老友重逢，好像随着一些简单有效的叙述，重新印证了自己长久以来的思维。

这三本书共同指涉的一种思维就是要有"快乐的思想"，快乐的思想乃是建立幸福人生的第一步，一个人没有快乐的思想，那么尽管用尽一切努力，可能还是会落败落空。一旦快乐的思想被建立起来，即便生活悠闲单纯，幸福乃至人间的美善都会自然地来到。

正如在书里的一个故事：

一个人走向三个砌砖的工人，问他们在做什么。第一个人回答道：

"我在砌砖。"

第二个工人回答道:"我在砌一面墙。"

第三个工人带着安详与喜悦说道:"我在盖一座教堂。"

有了快乐的思想,同样是在人生里砌砖,心里会多了一份喜悦、安详、庄严。

为快乐的思想砌砖,第一步是要喜爱自己,"要对自己有极大的尊重心",以及"对自己的生命、心意、身体,有深深的感激之意"。因为"人在自暴自弃的时候,聪明的会变蠢,健康的会多病,福不至,心不灵"。快乐的思想是生命的润滑油,可以使生命运行无碍,失去快乐的思想则会百病丛生,这些,最基本的是喜爱自己。

其次,要去除"憎恨"、"批评"、"内疚"、"恐惧"四种坏习惯,也就是革除生命的负面情绪,重新学习爱与宽容。负面的情绪就有如鞭子,每想到一次就像被鞭打,那些负心背叛我们的人,曾经无情地鞭笞我们的心灵,但是他们早就过去了、离开了,我们的负面情绪则捡起他们遗留的鞭子,自己鞭打自己。因此,我们要来砌"宽容"的砖。

第三步要专注,也就是活在当下,旧的、过去的,已经影响过我们的生命,我们可以使它不再发生作用,我们可以善用当下,创造出一个崭新的生命,就像许多事物的追寻一样,精神意识的追寻必须从现在开始,我们往往因为想在"适当"的时间与"适当"的地点开始,而从未开始过。

第四步要放松，彻底的放松是使身心健康最重要的方法，"要知道所有真正属于自己的东西，并不会被他人夺去，实在大可放心"。"从宇宙观点来说，人生就是一场游戏，大地就是游戏场，每一生即是一场游戏，而目标就是觉醒与了悟，或任何我们认定的人生目标。"因为放松，我们就能放下，也能以游戏一样坦然的心来看人生。

露易丝·海是美国极著名的心理治疗师，她从来不用药物，治疗过千千万万的病人，甚至治疗了许多癌症病患，她自己在中年时罹患癌症，也是靠快乐的思想治疗的，最后我们来引用几段她的话做结尾：

"如果我们自己坚持相信下雨天是坏的一天，那么，每当下雨的时候，我们的心都会因此沉下来，人变得很不开朗。我们会抗拒这下雨的一天，而不懂得顺应此时此刻。

"事实上，天气并没有'好'与'坏'之分，天气就是天气，但若是我们把下雨天看成'坏'，影响了情绪，下雨天便真的是'坏'了。

"一个人要得到一个快乐的生命，就先要有快乐的思想；要有一个旺盛的生命，就先要有旺盛的思想；要有一个充满慈爱的生命，就先要有充满慈爱的思想。"

戏与梦

一位在电影上都演出完美爱情的女明星,现实生活的感情却一再遭到挫败。

当她接受记者的访问时,感慨地说:"演了这么多年的戏,没想到演自己是最辛苦和失败的,因为演别人时可以根据剧本的情节来演出,但是演自己时,却没有写好的剧本,没有彩排,也没有 NG,一旦演坏了,就要承担所有的责任。"

因此,她说:"演别人容易,做自己难。"

读了这个报道,我的感触很深,大凡世事皆是如此,旁观者清,当局者迷;站在岸边时容易客观,身陷洪流时就会迷乱了,在现实社会,我们可能看到心理学家比一般人有更多的心理情结;专门为人解答婚姻爱情的人,自己的爱情婚姻可能一塌糊涂。

由于真实人生没有剧本、没有彩排、不能重来,所以要紧的是活在眼前，让每一个眼前都活在最好的状况，承担此刻的责任，那么结局即使不能完美，过程也没有遗憾了。

世事离戏只有一步之远。

人生离梦也只有一步之遥。

生命最有趣的部分，胜过演戏与做梦的部分，正是它没有剧本、没有彩排、不能重来。

生命最有分量的部分，正是我们要做自己，承担所有的责任。

蜜　事

大岗山是佛教圣地，有许多雄伟的佛寺。大岗山也种了许多水果，尤以荔枝、龙眼最多，所以它也是有名的水果产地。

但它最有名的不是佛寺，也不是水果，而是蜂蜜。大岗山所出产的蜂蜜，因为是由龙眼与荔枝花所酿成，又生产于最炎热的夏季，格外的清凉芳醇，不仅扬名于邻近地区，甚至闻名国外。

大岗山的荔枝蜜、龙眼蜜闻名，带来的第一个影响，就是附近地区所有的蜜，全部标上大岗山蜂蜜的名义出售。有时还把外地的蜜运到山上去贩售，以补山上蜂蜜生产的不足。时间一久，大家都不知道哪些蜂蜜才是真正大岗山的蜂蜜。

第二个影响，是大岗山上的养蜂户，在没有花期的时候，或者开花不盛的时候，就用糖水来喂养蜜蜂，蜜蜂用糖水来酿蜜，过程没有什么不同，但风味却大为不同了，这样久了以后，大岗山蜂蜜的名声就一日不如一日了，观光客到大岗山也不爱买蜂蜜了，因为既怕买到外地来冒名的蜂蜜，又怕买到本地用糖水做成的蜂蜜，只好不买，最后大岗山的蜂蜜落得和别地的蜂蜜没有什么两样，即使是最好的龙眼花酿成的蜜，也显不出它的芳香了。

这是"劣币驱逐良币"、"恶紫夺朱"最好的例子，也是人因为贪心而自贬身价的典型。

糖水做成的蜜有什么不对吗？蜜蜂自己也认为它是蜜才努力酿出来呀！养蜂的人也认为它是蜜，因为它是蜜蜂所造出来的呀！喝的人也分不清楚它是蜜，它有了蜜的形式，却没有蜜的内容；它有了蜜的结果，却没有蜜的过程。

说它是蜜，它就是蜜，因为它为蜂所造。

说它不是蜜，它就不是蜜，因为它不是百花所酿。

它是人的贪念以蜜蜂为工具而成的似是而非的东西。

任何纯粹的东西也像这样，加上人的贪念就似是而非了。

蜜的事也是这世界上所有事的缩影，一切的败坏最可怕的不是恶事，因为恶事我们会防御、会反抗；最可怕的是似是而非，好坏不分——这才是世界败坏的主因。

不南飞的大雁

在加拿大温哥华,朋友带我到海边的公园看大雁。

大雁的身躯巨大出乎我的意料,大约有白鹅的四倍。那么多身体庞大的雁聚在一起,场面令我十分震慑。

朋友买了一些饼干、薯片、杂食,准备在草地上喂食大雁,大雁立刻站起来,围绕在我们身边。那些大雁似有灵性,鸦鸦叫着向我们乞食。

朋友一面把饼干丢到空中,一面说:"从前到夏天快结束时,大雁就准备南飞了,它们会在南方避寒,一直到隔年的春天才飞回来,不过,这里的大雁早就不南飞了。"

为什么大雁不再南飞呢?

朋友告诉我说,不知道从什么时候开始,人们在这海边喂食大雁,起先,只有两三只大雁,到现在有数百只大雁了,数目还在增加中。

冬天的时候，它们躲在建筑物里避寒，有人喂食，就飞出来吃，冬天也就那样过了。

朋友感叹地说："总有一天，全温哥华的大雁都不会再南飞了，候鸟变成留鸟，再过几代，大雁的子孙会失去长途飞翔的能力，然后再过几代，子孙们甚至完全不知道有南飞这一回事了。"

我抓了一把薯片丢到空中，大雁咻咻地过来抢食。我心里百感交集，我们这样喂食大雁，到底是对的，还是错的？如果为了一时的娱乐，而使雁无法飞行、不再南飞，实在是令人不安的。

已经移民到加拿大十七年的朋友说，自己的处境与大雁很相像，真怕子孙完全不知道有南飞这一回事，因此常常带孩子来喂大雁，让他们了解，温哥华虽好，终非我们的故乡。

"你的孩子呢？"

"现在都在高雄的佛光山参加夏令营呢！"朋友开怀地笑着。

我们把东西喂完了，往回走的时候，大雁还一路紧紧跟随，一直走到汽车旁边，大雁才依依不舍地离去。

不南飞的大雁，除了体积巨大，与广场上的鸽子又有什么不同呢？一路上我都在想着。

犹如人生苍凉历尽之后
中夜观心
看见
并且感觉
少年时沸腾的热血
仍在心口

第四辑

生活最美
是期盼

活珍珠

与太阳赛跑

山谷的起点

下满的围棋

不要失去桃花源

这一站到那一站

水终有澄清的一天

永远有利息在人间

辛酸的或趣味的

永远的第一点

一只毛虫的圆满

有情十二帖

感谢困难

永远活着

活珍珠

在夏威夷的夜间市场,有一些卖活珍珠的摊子。

摊子上摆一个木桶,桶中有水,水里都是珍珠贝,每个珍珠贝卖七美元,由观光客自己挑选。

珍珠贝选好后,小贩把珍珠贝挖开,当场摸出一粒珍珠,就好像开奖一样,运气好的摸到很大的珍珠,旁边的人就会热烈地鼓掌。

小贩说,这些珍珠都是同一时间种在海里的,但有的很大,有的很小,有的很圆,有的歪歪扭扭,连种珍珠的人也不知道原因何在。

由于挖活珍珠贝实在很残忍,我很快就离开了,想到那种在珍珠贝里的砂石会长出不同的珍珠,在人间的生活也是一样,同样受伤与挫折,总有一些人能长出最美、最大的珍珠。

人也要像珍珠贝一样,养成重塑伤口的本事,转化生命的创伤,使它变成美丽的珍珠。

人生的伤痛就是活的珍珠,能包容,就能焕发晶莹的光彩;不能转移,就加速了死亡的脚步。

与太阳赛跑

我读小学三年级的时候,有一天放学回家,看到天边的夕阳正要沉落,晚霞一道一道从山谷升起。

"我要和太阳赛跑,要在太阳没有下山以前跑回家。"我心里有一个声音说。

然后,我拔足狂奔,一刻也不停歇地跑回老家的三合院。我站在大厅的红门外时,夕阳还露出最后的一角,迷离的光影映着红门上的狮头钢扣。

我安静地站在厅前,看夕阳一分一分地沉到山的背面,心里涨满了感动,跑进厨房对正在生火炊饭的母亲说:"我跑赢太阳了,我跑赢太阳了。"

接下来,我的小学时代几乎都是在与太阳赛跑,在夕阳未落前返家,欣赏着蕉园上那绝美的落日。我对生命的美感就是从那时有的,我觉得如果不比时间跑快一步,就没有空间,也没有心情享受落日的美景了。

只是,生命的悲情是,我们自以为比时间快一步,但岁月也很快地被时光掩埋。

对人生高远的目标,虽然我们也曾像与太阳赛跑时一样地奔赴前程,有时站在红门前微笑,以为赢过了什么,但夕阳总是在我们微笑时,依然沉落。

当然,如果我们悲哭,它还是要沉落的。

因此,任何的奔赴与企求都带着一些虚妄的本质吧!还不如回到这当前的一刻,以全身心投注于每一个变化之中,在因缘的变化中顺应、无憾、欢喜。

到了四十岁,可能说不出"我跑赢太阳了"这样有豪情的话。

但是,每天我起床的时候,对着镜子的第一件事就是对自己的影像说:"嗨!让我们今天来为生命创造一点儿什么吧!"

每天,都含着笑意,来与宇宙时空的无情、与岁月生命的多变,共同运转,那么在大化中,也会有江上明月,山间清风,岸边垂柳那样的美景,不断地映现。

我,宁与微笑的自己做拍档,不要与烦恼的自己同住。

我,要不断地与太阳赛跑!不断穿过泥泞的田路,看着远处的光明。

山谷的起点

一位烦恼的妇人来找我,说她正为孩子的功课烦恼。

我说:"孩子的功课应该由孩子自己烦恼才对呀!"

她说:"林先生,你不知道,我的孩子考试考第四十名,可是他们班上只有四十个学生。"

我开玩笑地说:"如果我是你,我一定会很高兴!"

"为什么呢?"

"因为你想想看,从今天开始,你的孩子不会再退步了,他绝对不会落到第四十一名呀!"我说。

妇人听了展颜而笑。

我继续说:"这就好像爬山一样,你的孩子现在是山谷底部的人,唯一的路就是往上走,只要你停止烦恼,鼓励他,陪他一起走,他一定会走出来。"

过了不久,妇人打电话给我,向我道谢,她的孩子果然成绩不断往上爬。

我想到,最容易被人忽略的是,山谷的最低点正是山的起点,许多走进山谷的人所以走不出来,正是他们停住双脚,蹲在山谷烦恼哭泣的缘故。

下满的围棋

在公园里看两位老人下围棋,他们下棋的速度非常缓慢,令围观的人都感到不耐烦。

第一位老人很有趣地说:"嘿!是你们在下棋,还是我在下棋?我们一个棋考虑十几分钟已经是快的,你知不知道林海峰下一颗棋子要一个多小时。"

旁边的老人起哄:"未见笑!自己比为林海峰。"

第二位老人,看起来很有修养地说:"你们不知道,围棋要慢慢下才好,下得快则杀气腾腾,不像是朋友下棋了。何况,当第一个棋子落下,一盘棋就开始走向死路。一步一步塞满,等到围棋子满了,棋就死了,要撤棋盘了。慢慢下才好,慢慢下死得慢呀!"

这段看似意有所指的话,使旁边的老人都沉默了,看完那盘棋,都不再有人催赶或说话。

　　好的围棋要慢慢地下,好的生活历程要细细品味;不要着急把棋盘下满,也不要匆忙地走人生之路。

不要失去桃花源

在西门町走来走去,要寻找汉口街,却迷路了。

已经有很多年没有到西门町了,对这棋盘一样罗列着的区域,竟感到非常之陌生,甚至连东西南北也分不清。从前,由于跑社会新闻的关系,几乎日日都在西门町内奔波,对町内的区域和巷道非常熟悉,怎么才几年,连汉口街都找不到了呢?

时空变异,是西门町改变了?或者是我的记忆改变了?由此,我们可以体会到,经过时间与空间,我们忘记一个人、一个地方是非常有可能的;即使我们都能不忘,再相逢也可能两鬓飞霜了;但即使我们都忘了,在某一个不可知的角落,一些鲜明的记忆也会如凌空的云,偶尔飘来我们的窗口。

在西门町里想这些,转来转去,幸好记忆尚未太远,终于找到汉口街了。我是为了看赖声川导演的第一部电影《暗恋桃花源》而到汉口街的,如果不是《暗恋桃花源》的吸引力,可能再过五年、十年,我也不会来西门町。

我去看《暗恋桃花源》这部电影,有好几个强烈的理由。

一是几年前在剧场看《暗恋桃花源》的舞台剧,曾经给我带来极深刻的感动。在台北这样的城市,能感动人的事物实在太少了,有时要刻意去寻找感动,来证明自己的心情依然健在。

二是赖声川是我很佩服的导演,他在舞台剧上的创意与努力,对台湾文化的发展极有影响。他对戏剧舞台的贡献是毋庸置疑的。但是,戏剧究竟不是电影,成功的舞台剧导演投入电影工作是一项冒险,这种挑战不只是来自市场,也是来自电影制作的更复杂、更特殊的状况。

三是《暗恋桃花源》中有几位我所熟知的、非常优秀的演员,像李立群、顾宝明、丁乃筝、金士杰,可以说是演员中里子最硬的。还有林青霞——我来看看林青霞怎么接受真正的演戏的考验,把剧中人物从二十岁演到六十岁。

四是因为陶渊明吧。

我坐下来看了十分钟,心里就放心了。赖声川的电影技法非常纯熟,不逊于他的舞台剧。而且他非常注意戏的质量、节奏、音乐、灯光、摄影都很讲究,可以说是台湾少见的讲究质量的电影。最特殊的是,这大概是几十年来台湾第一部没有打字幕的电影,原因是,导演认为打字幕会破坏画面的完整性，而且字幕是以重叠的方式放映的，会影响到影像的质量，由此可知赖声川对电影的讲究。

赖声川的舞台剧的特色，是好几个层次的时空交叠进行，再加上集体的即兴创作，时常有出乎意料的创意泉涌。他的电影也完全保留了这项特色，并且在运镜与思考上更自由，比舞台剧有更深切撼人的效果。

演员更不必说了，个个都好得没话说。近年台湾电影被港片打得很惨，但是港片其实很少有好演员，在这一点上，我为台湾演员感到欣慰，因为从长远来看，香港要拍出什么有人文性的电影比我们更艰难。

《暗恋桃花源》是近几年很少看到的好电影，兼具人文性和娱乐效果。再之前，有李安的《推手》、杨德昌的《牯岭街少年杀人事件》、侯孝贤的《悲情城市》，好电影虽然寥寥可数，不过一想到这些有创意的电影，心中不免一振。不管台湾电影处在多么暗淡的时期，我都相信电影的桃花源不会失去，就像少年时代读的陶渊明的《桃花源记》，每每在最灰暗的日子，总是能抚慰我，只需把开头"晋太元中，武陵人，捕鱼为业"改成"一九九二年，台北人，写作为业"。

从戏院出来，发现天空正下着大雨，街头一片水泽，关于整个西门町的午后记忆突然在我的心中映现。不管时空如何转变，只要不失去心里的桃花源，我们就能身着白衣，在黑暗中潇洒前进。我想起电影里的一首歌的歌词：

有些事不是你说忘就忘，
有些事不是你说算就算，
有些人不是你说盼就盼，
有些话不是你说完就完。

这一站到那一站

最近在搬家，这已经是住在台北的第十次搬家了。每次搬家就像在乱阵中要杀出重围一样，弄得筋疲力尽，好不容易出得重围，回头一看则已尸横遍野，而杀出重围也不是真的解脱，是进入一个新的围城清理战场了。

搬家，真是人生里无可如何的事，在清理杂物时总是面临舍与不舍、丢或不丢的困境，尤其是很多跟随自己许多年的书，今生可能再也不会翻阅；很多信件是少年时代保存至今，却已是时光流转，情境不再；许多从创刊号保留的杂志，早已是尘灰满布，永远不会去看了；还有一大堆旧笔记、旧剪贴、旧资料、旧卡片，以及一些写了一半不可能完成的稿件……每打开一个柜子，都是许多次的彷徨、犹豫、反复再三。

好不容易下定决心，把不可能再用的东西舍弃，光是纸类就有二百多公斤，卖给收旧货的人，一公斤一元，合起来正是买一本新书的钱。

还舍弃一些旧家具，送给需要的朋友。

由于想到人生里没有多少次像搬家，可以让我们痛快地舍弃，使我丢掉了许多从前十分钟爱的东西，都是不能用金钱衡量的，一些成长的纪念。林林总总，舍掉的东西恐怕有一部货车那么多。

即使是这样，这次搬家还是动用了四部货车才连载完毕，使我想起从前刚到台北，行李加起只有一只旅行袋，后来搬家，是一只旅行袋加一只帆布袋，学校毕业时搬家竟动用了一部小发财车。当时已觉得是颇大的背负。

幸好去服了兵役，第二次回台北，又是一只旅行袋，然后路愈走愈远，背的东西也日渐增加，虽然经常搬迁、舍弃，增加的东西却总是快过丢的速度，有时想起一只旅行袋走天下的年轻时的身影，心中不免感慨，那时身无长物，只有满腔的热血和志气，每天清晨在旅行途中的窗口看见朝日初升，总觉得自己像那一轮太阳。现在放眼四顾，周围堆满了东西，自己青年时代的热血与斗志是不是还在呢？

在时光的变迁中，有些事物在增长，有些东西在消失，最可担忧的恐怕是青春不再吧！许多事物我们可以决定取舍，唯有青春不行，不管用什么方法，它都是自顾自行走。

记得十年前一个寒冷的冬天，我住在屏东市一家长满臭虫的旅店，为了想看内埔乡清晨稻田的日出，凌晨四点就从旅店出发，赶到内埔乡，天色还是昏暗的，我就躺在田埂边的草地等候，没想竟昏沉沉地睡去了，醒来的时候日头已近中天。

我捶胸顿足，想起走了一个小时的夜路，难过得眼泪差一点儿落了下来，正在这时，我看到田中的秧苗反映阳光，田地因干旱而显出的裂纹，连绵到天去。有非常之美，是我从未见过的景象，立即转悲为喜，感觉到如果能不执着，心境就会美好得多。

那时一位农夫走来，好意地请我喝水，当他知道我来看日出的美景时，抬头望着天空出神地说："如果能下雨，就比日出更美了。"我问他下雨有什么美？他说："这里闹干旱已经两个月了，没有下过一滴雨，日出有什么好呢？"我听了一惊，非常惭愧，以一种悔罪的心情看着天空的烈日，很能感受到农夫的忧伤。

后来，我和农夫一起向天空祈求下雨，深切地知觉到：离开了真实的生活，世间一切的美都会显得虚幻不实。

假若知道有阳光或者没有阳光，人都能观照的角度，就知道了舍与不舍，都是在一念之间。

不只是搬家，每个人新的一天，都是从这一站到那一站，在流动与迁徙之中，只在不忘失自我，保有热血与志气，到哪里不都是一样的吗？

我们现在搬家还能自己做主，到离开这个世界时也是身体的搬家，如果不及早准备，步步为营地向光明与良善前进，到时候措手不及，做不了主，很可能就会再度走进迷茫的世界，忘记自己的来处了。

水终有澄清的一天

在我童年居住的三合院里，沿着屋檐滴水的沟槽下，摆了一排大水缸。

水缸有半人高，缸口大到双手环抱，是为了接盛从屋顶上流下来的雨水。从前的乡下没有自来水，必须寻求各种水源：一方面凿井而饮；一方面到河边跳水灌溉；下雨天蓄在水缸的水，则用来洗衣洗澡，这样不但可以惜福，还能减轻到河边挑水的负累。

刚下过雨的水缸是混浊的，放一些明矾进去，等个两三天，水才会慢慢地澄清。

由于要让水澄清很难，需要很长的时间，但使水混浊却只要一下子，因此，妈妈严格规定我们不能玩水缸的水。玩水的后果就是在水缸边罚站。

"不可以玩水缸的水。"不只是我们家的规矩，乡下三合院的孩子全都知道这个教训。

但是,不玩自己家的水,并不表示不玩别人家的水。

我们家正好在去中学必经的路上,每天有成百上千的学生走过。有一些喜欢恶作剧的孩子,路过的时候就会突然冲进院子,每个水缸都搅一下,然后呼啸着跑走。

这可恶的举动,使我们又愤慨,又紧张。为了防止水被弄浑,我们终日都坐在院子里,等待恶作剧的孩子。

但是,我们也不可能整天坐在院子里,有时要上学,有时要工作,一旦稍有疏忽,孩子们就冲进来把水弄浑。

这使我们更陷入痛苦之中。

妈妈看我们被水缸弄得心神不宁,就安慰我们:"你们的心比水缸的水还容易被混乱。那些恶作剧的孩子,你们越在乎,他们就越喜欢;如果不理他们,时间一久,他们自然就觉得没什么好玩了。你们各人去做该做的事,不要管水。水,终有澄清的一天。"

我们听了妈妈的话,该上学的上学、该工作的工作,不再理会恶作剧的孩子。他们也很快就失去兴趣,水,也自然地澄清了。

"水,终有澄清的一天!"妈妈的教诲,常常在我被误解、扭曲、诬陷的时刻,从水缸中浮现出来。我的心像水一样容易被混乱,但在混乱之际,不需要过度的紧张与辩白,需要的是安静如实的生活。当我们的心清明,水缸的水自然就澄清了。

至今,我每次走过乡下的三合院,童年院子里的水缸历历在目,就会想到一个洁身自爱的人,心境就有如水缸的水,来自天地,自然澄清。生命中的曲解无明,是一时一地的,智慧与心境的清明追求,却是生生世世的。

一秒钟的混乱,可能要三天才能清明,但只要我们能够迈向更高的境界,水,终有澄清的一天。

永远有利息在人间

从前读陈之藩先生的《在春风里》，里面附了一封胡适之先生写给他的信，有这样的几句："我借出的钱，从来不盼望收回，因为我知道我借出的钱总是'一本万利'，永远有利息在人间的。"

我读到这段话时掩卷长叹，那时我只是十八岁的青年，却禁不住为胡先生这样简单的话而深深地动容，心里的感觉就像陈之藩先生后来的补记一样："我每读此信时，并不落泪，而是自己想洗个澡，我感觉自己污浊，因为我从来没有过这样澄明的见解与这样广阔的心胸。"

胡先生因此对待朋友"柔和如水，温如春光"，也因为他的澄明，"他能感觉到人类最需要的是博爱与自由，最不能忍受的是欺凌与迫害，最理想的是如行云在天，如流水在地，自由自在地生活。"

我想，在这个世界上能把私利看淡到这样的境界，确实是很不容易的事,胡先生的生平事迹很多,但最感动我的就是这一句"永远有利息在人间"。

从佛教的观点来看,这是一种布施的菩萨行,也是佛徒所行的六波罗蜜的首要。

世尊在《大般涅槃经》曾如此开示:"菩萨摩诃萨,行布施时,于诸众生,慈心平等,犹如子想。又行施时,于诸众生,起悲愍心;譬如父母,瞻视病子。行施之时,其心欢喜;犹如父母,见子病愈。既施之后,其心放舍,犹如父母,见子长大,能自在活。"

不同的是,胡先生是借给朋友和晚辈,不盼望收回,而佛菩萨所行的则不分亲疏普及于众生,在根本上也没有盼望或不盼望的问题。而且胡先生借出去后知道有利息在人间,佛菩萨根本不知利息,忘记利息,是"惠施众生,不自为己",是"惠施求灭,不求生天",是"解脱惠施,不望其报",在境界上是究竟的超越了。

一个人活在这个世界上,大致可以分成三种境界:一是提不起,放不下。二是提得起,放不下。三是提得起,放得下。

一般人是提不起,放不下,像我有一个朋友从不借钱给人,问他原因,他说:"为了免得将来低声下气地向人要债,干脆不借算了。"而他自己也没有几个钱,这是第一种人。

第二种是争名夺利之辈,攒了一大堆钱,可是看到人贫病忧苦,眉头也不皱一下,到最后两手一松,留下一大堆钱反而养出一堆无用的子孙。

　　胡适先生则接近了第三种人，只有这一种人才能昭如日月，平淡坦然，不为人间的几个利息而记挂忧心，人生才能自在。

　　若有人问：那么，佛的施舍是什么境界？

　　《华严经》里说到十种净施，是众生平等的布施，是随意的布施，是积极的布施，是有求必应的布施，是不求果报的布施，是心无挂碍的布施，是内外清净的布施，是远离有为无为的布施，是舍身护道的布施，以及施受财三者清净如虚空的布施。

　　到了这种境界，利息就不是在人间，也不是在天上，而是自在圆满，布满虚空了。

　　我们是要守着几枚臭铜钱躲在阴暗的房子，还是要丢掉铜钱走到阳光普照的地方呢？

辛酸的或趣味的

我要奉劝
勤于写作的人,
仰望而不要俯视,
瞻前而不要窥后,
向远处看而不要近视。
告诉天下人
灾难里充满大好时机,
千万必要
把大好时机写成遍地灾难。
这好比两人夜行,
一人只见到处泥淖,
一人则见满天星斗。

——耶勒鲁普

我刚开始写作时,家里连一个安静写作的空间都没有,更不要说书房了。

我灵机一动,把自己关在俗称"公妈厅"的祭拜祖先的厅堂里,搬一张圆凳,在供桌上写文章,那是家里最安静的处所,除了早晚烧香,没有人会进来。

只有妈妈知道我的去处,一开始她并不是很赞成我在供桌上写作,怕我亵渎了神明,后来她想通了:"只要是写好人好事,不要胡说八道,神明也会欢喜,祖先也会保佑才对!"

有时候读书写作是无日无夜的工作,妈妈忙着家事的空当儿,会倒杯茶水,或切点儿水果来鼓励我。

妈妈推门进来,总会搅着我的肩,习惯性地说:"写这么久都不休息,是在写辛酸的或是趣味的。"

我总是回答妈妈:"写一点儿辛酸的,也写一点儿趣味的。"

妈妈说:"趣味的多些一点儿,和大家分享;辛酸的少说一些,生活已经够苦了。"

然后,妈妈会看着我,等我把她准备的水果吃完,才放心地离开。

妈妈过世已经有一段时间了,我也离开故乡很久了,有自己的书房。有时候在书房工作,恍然之间,好像自己正坐在祖厅的供桌边,妈妈推门进来:"是在写辛酸的?还是写趣味的?"

那原是妈妈的口头禅,爸爸种了整年的玫瑰花没有收成,她会说:

"你是在种辛酸的？还是种趣味的？"弟弟在工厂打工压破了手掌，工钱没有领到，她会说："你是在做辛酸的，还是做趣味的？"听惯了以后，不觉得有什么意义，因此常常忽略妈妈的人生观："趣味的多做一些，辛酸的少做一些。"

现在回想起来，妈妈的口头禅中有深意，写作的人，无非是写生活中辛酸或趣味的事，而人生，也无非是辛酸与趣味的组合。

每当想到母亲的身影，我总希望我的写作和我的人生，多一些趣味，少一点儿辛酸。

趣味的，白天和大家分享。

辛酸的，午夜时，独自细细地品尝。

永远的第一点

永远在风中,

风无过去,也无未来。

永远在云里,

云过去自由,未来也自由。

永远在心情,

心无挂碍,远离执着。

在契入失去时空的那一点,

永远就永远都在。

从前,有一位心高气傲的秀才,去拜访一位禅师。

禅师说:"听说你的书法写得很好?"

秀才说:"是呀!我懂得历史上有名的二十四家书法,不但能欣

赏,也能轻易地临摹!"

禅师随手拿起禅杖,在空中一点。

禅师说:"你认得这一点吗?"

秀才苦思半天,不知所措。

禅师说:"你说自己懂得二十四家的书法,却连'永字八法'的第一点都不认识呀!"

我很喜欢《五灯会元》的这一则公案,许多人耗费一生去追求更高的境界,到最后连最根本的东西丢失了,也不自知。二十四家的书法各有巧妙,但是在写"永字八法"的第一点时,都是没有差别的。所有的境界回归到原点,不也是如此吗?天下的生活都是一样的,无非是柴米油盐酱醋茶。

只是生活的境界不同,低境界的人不满于平庸的生活,追求更高的境界。高境界的人发现了生活的无差别性,追求无境界。

无境界的人,又回复到平常生活,与一般人没有两样,既不接受礼拜、也不礼拜别人。

这使我想起与猎人住在一起的六祖慧能,他的无境界使人不辨不识;如果被猎人一眼看出是六祖,那也就不算能人了。

境界的高低,因此不是生活上、外相上可以看出的,是能不能掌握根本、掌握自心的问题。

这就好像"永字八法"的第一点,"永远"是我们的口头禅,但是谁能认识永远的第一个点在何处?

永远不在过去,长远的过去都已消失。

永远也不在未来,不可知的未来变化太大。

永远也不是现在,当我说到永远,这两字出口时,"现在"已成为过去。

永远的支点何在?

永远既在过去,也在现在,也在未来!当我契入失去时空的那一点时,永远就永远都在!当我深入法流的无形支点,永远就在那里与我相见。

永远在风中,风无过去,也无未来。

永远在云里,云过去自由,未来也自由。

永远在心情,心无挂碍,远离执着。

只要在柴米油盐的平庸生活,有更精微地契入、更细腻地深入,一直留在第一点上,那是永,也是远!

一只毛虫的圆满

起居室的墙上,挂了一幅画家朋友陆咏送的画,画面上是一只丑丑的毛虫,爬在几株野草上,旁边有陆咏朴素的题字:

今日踽踽独行,
他日化蝶飞去。

我很喜欢这一幅画,那是因为美丽的蝴蝶在画上已经看得多了,美丽的花也不少,却很少人注意到蝴蝶的"前身"是毛虫,也很少思考到花朵的"幼年时代"就是草,自然很少有画家以之入画,并给予赞美。

当我们看到毛虫的时候,可以说我们的内心有一种期许,期许它不要一辈子都那样踽踽独行,而有化蝶飞去的一天。当我们看到毛虫的时候，内心里也多少有一些自况，梦想着能有美丽飞翔的一天。

小时候，我曾经养过一箱毛虫，所有的人看到毛虫都会恶心惊叫，但我不会，只因为我深信毛虫是美丽蝴蝶的幼年时代。每天去山间采嫩叶来喂食，日久习以为常，竟好像对待宠物一样。我观察到那些样子最丑的毛虫正是最美的蝴蝶幼虫，往往貌不惊人，在破茧时却七彩斑斓。

最记得是把蝴蝶从箱中放走的时刻，仿佛是一朵花飘向空中，到处都有生命美丽的香味。

对毛虫来说，美丽的蝴蝶是不是一种结局呢？从丑怪到美丽的蜕变是不是一种圆满呢？对人来说，结局何在？什么才是圆满？这些难以解答的问题，正是我说的自况了。

初生于世界的人，是不可能圆满的，原因是这个世界原就是不圆满的世界，感应道交，不圆满的人当然投生到不圆满的世界，这乃是"因缘"所成。圆满的人，自然投生到佛的净土、菩萨世界了。

幸而，佛经里留了一个细缝，是说在不圆满世界也可能有圆满的人来投胎，凡圣可能同居，那是由于愿力的缘故，是先把自己的圆满隐藏起来，希望不圆满的人能很快找到圆满的路径，一起走向圆满之路。

"有圆满之愿，人人都能走向圆满。"我们可以这样说，这正是佛说"众生皆有如来智慧德相"的意思。

举一个简单的例子，我们来看几个人字旁的字，像"佛"、"仙"、"俗"。

仙，左人右山，意思是，人的心志如果一直往山上爬，最后就成仙了。

俗，左人右谷，意思是，人的心志如果往山谷堕落，最后就是粗俗的凡夫了。

佛，左边是人，右边是弗，弗有"不是"之意，佛字如果直接转成白话，是"不是人"的意思。"不是人"正是"佛"，这里面有极为深刻的寓意。当一个人的心志能往山上走，不断地转化，使一切负面的情绪都转化成正面的情绪，他就不是一般的人，而是觉行圆满的佛了。

成佛、成仙、成俗，都是由人做成的，人是一切的根基，人也是走向圆满的起点，这是为什么六祖慧能说："一念觉，即是佛；一念迷，即是众生。"

从前读太虚大师的著作，他常说："人圆即佛成"，那时不能深解，总是问："为什么人圆满了就成佛呢？"当时觉得人要圆满不是难事，成佛却艰辛无比，年纪渐长才知道，原来，佛是"圆满的人"，并不是一个特别的称呼。

什么是圆满之境呢？试以佛的双足"智慧"与"慈悲"来说。

佛典里给佛智慧的定义是"妙观察智"、"平等性智"、"成所作智"、"大圆镜智"，如果把它放到最低标准，我们可以说圆满的智慧具有这样四种特质：一是善于观察世间的实相；二是能平等对待众生，因了知众生佛性平等之故；三是有生命的活力，所到之处，一切自然成就；四是有无比广大的风格，如大圆镜反映了世界的实相。

也可以说，假如有一个人想走向圆满，他要在智慧上有细腻的观察、平等亲切的对待、活泼有力的生命、广大无私的态度。我们试着在黑夜中检视自己生命的风格，便会知道自己是不是在走向圆成智慧之路。

慈悲的圆满境界则有两项标杆，一是无缘大慈，二是同体大悲。前者是对那些无缘的人也有给予快乐之心，是由于虽然无缘，也要广结善缘；后者是认识到自己并不是独存于世界，而是与世界同一趋向、同一境性，因此对整个世界的痛苦都有拯救拔除的心。

慈悲的检视也和智慧一样，要回来看自己的心，是不是与众生感同身受，是不是与世界同悲共苦？切望能共同走向无忧恼之境，如果于一个众生起一念非亲友的念头，那就可以证明慈悲不够圆满了。

因缘的究竟是渺不可知的，圆满的结局也杳不可知，但人不能因此而失去因缘成就、圆满实现的心愿。

一个人有坚强广大的心愿，则因缘虽遥，如风筝系线在手，知其始终；一个人有通向究竟的心愿，则圆满虽远，如地图在手，知其路径，汽车又已加满了油，一时或不能至，终有抵达的一天。

但放风筝、开汽车的乐趣，只有自心知，如果有人来问我关于圆满的事，我会效法古代禅师说："喝茶时喝茶，吃饭时吃饭，睡觉时睡觉，说什么劳什子的圆满？"

这就像一条毛虫一样，生在野草之中，既不管春花之美，也不管蝴蝶飞过，只是简简单单地吃草，一天吃一点儿草，一天吃一点儿露水；上午受一些风吹，下午给一些雨打；有时候有闪电，有时候有彩虹；或者给鸟啄了，或者喂了螳螂；生命只是如是前行，不必说给别人听。只有在心里最幽微的地方，时时点着一盏灯，灯上写两行字：

今日踽踽独行

他日化蝶飞去。

有情十二帖

前　生

前生，我们也是在这样的溪水畔道别的吧！

要不然，我从山径一路走来，心原是十分平静的，可是我看见这条溪时，心为什么如水波一样涌动起来了？周围清冽的空气，使我感到一种不知何处流来的可惊的寒冷。

以溪水为镜，我努力地想知道，这条溪与我有着什么样的因缘？或者是，我如何在溪的此岸，看着你渐远的身影？或者是，同在一岸，你往下游走去，而我却溯流而上？

我什么都照映不出来，因为溪水太激动了。

这已是春天了呀！草正绿着，花正开着，阳光正暖，溪水为什么竟有清冷而空茫的感觉呢？

想是与久远的前生有着不可知的关系。

在春天的时候,临溪而立,特别能感觉到生命是一道溪流,不知从何流来,不知流向何处。

此刻的我,仿佛是奔流的河溪中刚刚落下的一片叶子。

流　转

在十字路口的古董店临窗的角落,我坐在一张太师椅上,立刻就站起来,因为那张椅子上还留着别人坐过的温度。

从小我就不习惯别人坐过的热椅子,宁可站着等那椅子冷了,才落座。尤其是古董椅子,据说这张椅子是清朝传下的,那美丽的雕花让我知道这不是平民的椅子,它的第一主人曾经是富有的人吧!

现在,那个富有的人,他的财富必然已经散尽了,他的身体一定也在时空中消亡了,留下这一组椅子,没有哭笑,在午后的阳光中静静的,几乎是睡着一般。

我在古董店转了一圈,好像与时空一起流转,唐朝的三彩马、明代的铜香炉、清朝的瓷器、民初的碗盘,有很多还完美如新。有一张八仙彩,新得还像一个脸容贞静的妇女刚一针一针刺绣上去一般,针痕还在锦上,人却已经远去了,像空气,像轻轻的铜铃声。

在古董店，我们特别能感受时光的无情，以及生命的短暂，步出古董店时我觉得，即使在早春，也应珍惜正在流转的光阴。

山　雨

看着你微笑着，无声，在茫茫的雨雾中从山下走来。你撑着的花伞，在每一格石阶一朵一朵开上来，三月道旁的杜鹃与你的伞一样有艳红的颜色。在春雨的绵绵里，我的忧伤，像雨里的乱草缠绵在一起，忧伤的雨就下在我的眼中。

眼看你就要到山顶，却在坡道转弯处隐去了，隐去如山中的风景，静默。雨，也无声。

山顶的凉亭里，有人在下棋。因为棋力相当，两个人静静地对坐着，偶尔传来一声"将军"，也在林间转了又转，才会消失。

我看着满天的雨，感觉这阵雨永远也不会停。

你果然没有到山顶上，转过坡道又下山了，我看着你的背影往山下走去，转一道弯就消失了，消失成雨中的山，空茫的山。

山雨不停，我心中忧伤的雨也一如山雨。

这阵雨永远也不会停了！看着满天的雨，我这样想着。

突然听到凉亭里传来一声高扬的："将军！"

四 月

我最喜欢四月的阳光，四月的阳光不温不火，透明温润有琉璃的质感。

四月的阳光，使每一朵花都如水晶雕成，在风里唱着希望之歌，歌声五色仿佛彩虹。

四月的阳光，使每一株草都是翡翠繁生，在土地写着明日之诗，诗章湛蓝一如海洋。

在四月的阳光中，我们把冬寒的灰衣褪去，皮肤触着遥远天际传来的温热，使我想起童年时代，赤身奔跑过四月的田野，阳光就像母亲温暖的怀抱，然后我们跳入还留着去年冬寒的溪里游水。最后，我们带着全身琉璃的水珠躺在大石上，水一丝丝化入空中，我们就在溪边睡着了。

在四月的阳光中，草原、树林、溪流、石头都是净土，至少对无忧的孩子是这样的。所以，不论什么宗教，都说我们应胸怀一如赤子，才能进入清净之地。

四月还是四月，温暖的阳光犹在，可叹的是我们都不再是赤子了。

石　狮

我们走过生命的原野时，要像狮子一样，步步雄健，一步留下一个脚印。

我们渡过生命河流之际，要像六牙香象，中流砥柱，截河而过，主宰自己生命的河流与方向。

我们行经生命的丛林小径，要像灰鹿之王，威严而柔和，雄壮而悲悯，使跟随我们的鹿都能平安温饱。

这些都是佛经的譬喻，是要我们期许自己像狮子一样威猛，像大象一样壮大，像鹿王一样温和庄严。当我们想起这几种动物，真有如自己站在高山顶上，俯视着莽莽的林木与茫茫的草原，也有那样的气派。

狮子是文殊师利菩萨的坐骑，白象是普贤菩萨的坐骑，都极有威势的护法，尤其狮子更是普遍，连民间一般寺庙都是由狮子来护法的。

今天路过一座寺庙，看到门前的石狮子有不同的表情，几乎是微笑着的，然后我想起每座寺庙前的狮子，虽是石头雕成，每头的表情却有细微的不同。

即使是石狮子，也是有心，特别是在温馨的五月清晨的微风之中。

每一寸时光都有欢喜

每一个地方都有禅悦

欢　喜

黄山谷有一天去拜访晦堂禅师,问禅师说:"禅宗的奥义究竟是什么?"

晦堂禅师说:"《论语》上说'二三子以我为隐乎?吾无隐乎尔'。禅对你们也没有什么隐藏,这意思你懂吗?"

黄山谷说:"我不懂。"

然后,两人都沉默了。一起在山路上散步,当时,木樨花正开放,香味满山。

晦堂问:"你闻到香味了吗?"

"是,我闻到了!"黄山谷说。

"我像这木樨花香一样,没有隐瞒你呀!"禅师说。

黄山谷听了,像突然打开心眼一样开悟了。

是的,这世界从来没有隐藏过我们,我们的耳朵听见河流的声音,我们的眼睛看到一朵花开放,我们的鼻子闻到花香,我们的舌头可以品茶,我们的皮肤可以感受阳光……在每一寸的时光中都有欢喜,在每个地方都有禅悦。

我曾在一个开满凤凰花的城市住了三年,今天看到一棵凤凰花开,好像唱着歌一样,使我的眼耳鼻舌身意都洋溢着少年时代的欢喜。

院　子

农村里的秋天来得晚,但真正秋天来的时候都很写意的。

首先感觉到的是终于有黄昏的晚霞了,当河边的微风吹过,我们背着沉重的书包回家,站在家前院子往远山看去,太阳正好把半天染红;那云红得就像枫叶,仿佛一片一片就要落下来了。于是,我常常站在院子里就呆住了,一直到天边泼墨才惊醒过来。

然后,悬丝飘浮的、带着清冷的秋灯的、只照射自己的路的萤火虫,不知道是从河的对岸或树林深处来了,数目多得超乎想象,千盏万盏掠过院子,穿过弄堂,在草丛尖浮荡。有人说,萤火虫是点灯来找它前世的情缘,所以灯盏才会那么凄清闪烁,动人肝肺。

最后,是大人们扇着扇子,坐在竹椅上清喉咙:"古早、古早、古早……"说着他们的父亲、祖父一直传说不断、忠孝节义的故事。听着这些故事,我觉得秋天真是温柔,温柔中流着情义的血。我们听故事的那个院子,听说还是曾祖父用石块亲手铺成的。

秋天枫红的云,凄凉的火,用传说铺成的院子在闪烁,可惜现在不是秋天,也找不到那个院子了。

有　情

"花，到底是怎么开起的呢？"有一天，孩子突然问我。

我被这突来的问题问住了，我说："是春天的关系吧。"

对我的答案，孩子并不满意，他说："可是，有的花是在夏天开，有的是在冬天开呀！"

我说："那么，你觉得怎样开起的呢？"

"花自己要开，就开了嘛！"孩子天真地笑着，"因为它的花苞太大，撑破了呀！"

说完孩子就跑走了，是呀！对于一朵花和对于宇宙一样，我们都充满了问号，因为我们不知它的力量与秩序是明确来自何处。

花的开放，是它自己的力量在因缘里的自然展现，它蓄积了自己的力量，使自己饱满，然后爆破，有如阳光在清晨穿破了乌云。

花开是一种有情，是一种内在生命的完成，这是多么亲切呀！使我想起，我们也应该蓄积、饱满、开放，永远追求自我的完成。

炉 香

有一天,一位老太太问赵州从谂禅师:"怎样去极乐世界呢?"

赵州说:"大家都去极乐世界吧!我只愿永远留在苦海。"

我读到这里,心弦震动,久久不能自已,一个已经开悟的禅师,他不追求极乐,而希望自己留在与众生相同的地方,在苦海中生活,这是真实的伟大的慈悲。就好像在莲花池边,大家都赶来看莲花,经过时脚步杂乱,纸屑满地,而他只愿留下来打扫莲花池。

抬起头来,我看见案前的檀香炉,香烟袅袅,飘去不可知的远方,香气在室内盘绕不息。这烟气是不是也飘往极乐世界呢?可是如果没有香炉的承受,接受火炼,檀香的烟气也不可能飞到远方。

赵州正是要做那一个大香炉,用自己的燃烧之苦来点拨众生虔诚的极乐之向往。

我也愿做烧香的铜炉,而不要只做一缕香。

天　空

我和一位朋友去参观一处颇有年头的古迹，我们走进一座亭子，坐下来休息，才发现亭子屋顶上刻着许多繁复、细致、色彩艳丽的雕刻，是人称"藻井"的那一种东西。

朋友说："古人为什么要把屋顶刻成这么复杂的样子？"

我说："是为了美感吧！"

朋友说不是这样的，因为人哪有那么多的时间整天抬头看屋顶呢！

"那么，是为了什么？"我感到疑惑。

"有钱人看见的天空是这个样子的呀！缤纷七彩、金银斑斓，与他们的珠宝箱一样。"这是我第一次听见的说法，眼中禁不住流出了问号，朋友补充说："至少，他们希望家里的天空是这样子，人的脑子塞满钱财就会觉得天空不应该只是蓝色，只有一种蓝色的天空，多无聊呀！"

朋友似笑非笑地看着藻井，又看着亭外的天空。

我也笑了。

当我们走出有藻井的凉亭时，感觉单纯的蓝天，是多么美！多么气派!

"水因有月方知静,天为无云始觉高。"我突然想起这两句诗。

如　水

曾经协助丰臣秀吉统一全日本的大将军黑田孝高,他善于用水作战,曾用水攻陷了久攻不下的高松城。因此在日本历史上有"如水"的别号,他曾写过"水五则":

一、自己活动,并能推动别人的,是水。

二、经常探求自己的方向的,是水。

三、遇到障碍物时,能发挥百倍力量的,是水。

四、以自己的清洁洗净他人的污浊,有容清纳浊的宽大度量的,是水。

五、汪洋大海,能蒸发为云,变成雨、雪,或化而为雾,又或凝结成一面如晶莹明镜的冰,不论其变化如何,仍不失其本性的,也是水。

这"水五则"也就是"水的五德",是值得参究的,我们每天要用很多水,有没有想过水是什么?要怎样来做水的学习呢?

要学习水,我们要做能推动别人的、常探求自己方向的、以百倍力量通过障碍的、有容清纳浊度量的、永不失本性的人。

要学习水,先要如水一般无碍才行。

茶 味

我时常一个人坐着喝茶。同一壶茶,在第一泡时苦涩,第二泡甘香,第三泡浓沉,第四泡清冽,第五泡清淡。再好的茶,过了第五泡就失去味道了。

这泡茶的过程令我想起人生,青涩的年少,香醇的青春,沉重的中年,回香的壮年,以及愈走愈淡、逐渐失去人生之味的老年。

我也时常与人对饮,最好的对饮是什么话都不说,只是轻轻地品茶;次好的是三言两语,再次好的是五言八句,说着生活的近事;末好的是九嘴十舌,言不及义;最坏的是乱说一通,道别人是非。

与人对饮时常令我想起,生命的境界确是超越言句的,在有情的心灵中不需要说话,也可以互相印证。喝茶中有水深波静、流水喧喧、花红柳绿、众鸟喧哗、车水马龙种种境界。

我最喜欢的喝茶,是在寒风冷肃的冬季,夜深到众音沉默之际,独自在清静中品茗,一饮而净,两手握着已空的杯子,还感觉到茶在杯中的热度,热,迅速地传到心底。

犹如人生苍凉历尽之后,中夜观心,看见,并且感觉,少年时沸腾的热血,仍在心口。

感谢困难

我做了一个梦。

梦见我在街上问人:"请问您可不可以给我一些困难、一些挫折、一些痛苦?"

所有的人都拒绝我,我着急地恳求别人:"那么,我雇用您,每小时五百元,请您给我一些折磨!"

那些陌生人摇摇头,沉默地离开,我因找不到愿意折磨我的人而惊醒。

我坐在床上发呆,是呀!困难、折磨、痛苦是多么珍贵!如果一切平顺,谁会静下来沉思,谁会生起智慧,谁又能在平凡安逸的日子中超越自我、登上高峰呢?

如果没有困难,谁又会谦卑地跪下来祈祷?谁又能相信有无边的宇宙?谁又能寄情于来生呢?

我深深地感谢着困难、挫折与痛苦。

也深深地感恩那些曾经折磨过我的人，他们是多么慈悲呀！我并未花钱聘雇他们，他们却以宝贵的时间来考验我、提升我，为了增长我的智慧。

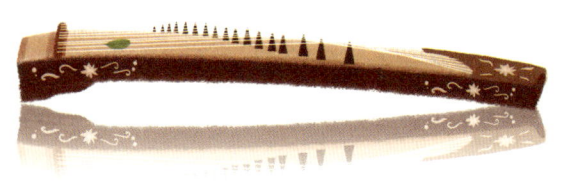

永远活着

到银行去办事,听到一位年约七十岁的老太太和银行行员的对话。

银行行员:"老太太,你一次领这么多钱呀?外面歹徒很多,可要小心一点。"

老太太:"我要领去买股票。"

"买股票?老太太,你都买什么股票?"

"我什么股票都买呀!最近涨得厉害,听说还会再涨,我这些钱要拿来买水泥股。"

"……"

老太太领完了钱,步履蹒跚地走出银行。

这一段简短的对话,使我怔了很久,老太太看起来虽然是七十岁的人了,身体还蛮健康的样子,而且她衣着朴素,看起来是省吃俭用的人,她为什么要在有限的余年去买股票,何况赚那么多钱要做什呢？她所累积的财富，自己还有机会享用吗？

走在回家的路上，我想到在这个社会，放眼望去，大家都拼命地在累积人间的财富，即使是已经家财亿万的富人或年华垂暮的老人都不例外，其实，财富对他们来说已变成没有意义的东西，一个生活已经温饱的老人，他可能有七八幢房子，有价值数亿的财富，可是他已经不久于人世，这仅存的时光难道还继续追逐财富，不能有更好的利用吗？

最重要的一点，没有人会相信自己是"不久于人世"的，我们看到大部分的人的生活都表现得好像要永远活在这个世界上，所以他们的累积也永不满足。有一些有钱人，到临死什么都记不住，偏偏记挂他累积的财富；反过来说，他的子孙可能对他的死活也不记挂，只记挂在他名下的土地、房屋、股票、珠宝要如何瓜分。因此，一个富人的死往往造成了子孙的悲剧，就是因为人人只记着财富啊！

一个累积过度财富的人，往往也会自陷于不义，有财富的人谈恋爱，总觉得别人是在爱他的金钱，不是爱他；有财富的人交朋友，总觉得别人是贪图财富的酒肉朋友；有财富的人 很难真心对待别人，因为他惯于用钱来处理问题……其实，有太多财富反而使人不能做完整的人，因为他的心变成黄金打造、钻石琢磨，不能享受人间无私的情义心与豪迈的英雄胆。

有时候，追求财富的问题不在财富，而在"追求"，从人类有历史以来,人都在尝试追求一些不朽的事物,这是由于每个人的心里都有某种不朽的东西,不朽的渴望,在资本社会里,人把财富也当成不朽的追求了,我们看那些拼命追求财富的人,正是感觉他在追求不朽,否则怎么能那样狂热呢?

人不能永远活着,这真是一个悲剧的真理,纵使在宗教里一直讲永生不灭,也不能使我们永远活着。

"死亡不是我会遇到的事。"——这是最大的妄念,因为无人不死。

"人生的悲剧不是我会遭遇的。"——这是最惊险的想法,因为人人都有悲剧。

我们在人间里累积一些东西,追求一些价值,是为了什么呢?那催迫我们去追求财富最内部的动力是什么呢?如果能找出那个动力,说不定在财富里也有菩提呢!

图书在版编目（CIP）数据

不信青春唤不回 / 林清玄著. -- 北京：北京联合出版公司，2016.12
 ISBN 978-7-5502-8919-2

Ⅰ．①不… Ⅱ．①林… Ⅲ．①散文集－中国－当代 Ⅳ．①I267

中国版本图书馆CIP数据核字(2016)第249454号
本书由台北九歌出版社有限公司授权出版

不信青春唤不回

作　　者：林清玄
出版统筹：新华先锋
责任编辑：夏应鹏
特约监制：林　丽
策划编辑：刘　钊
封面设计：郑金将
版式设计：徐　倩

北京联合出版公司出版
（北京市西城区德外大街83号楼9层 100088）
北京鹏润伟业印刷有限公司　新华书店经销
字数100千字　620毫米×889毫米　1/16　13印张
2016年12月第1版　2016年12月第1次印刷
ISBN 978-7-5502-8919-2
定价：39.50元

未经许可，不得以任何方式复制或抄袭本书部分或全部内容
版权所有，侵权必究
本书若有质量问题，请与本社图书销售中心联系调换
电话：010-88876681 010-88876682